公共管理评论
China Public Administration Review

（第十一卷）
Vol. 11

清华大学出版社
北京

内 容 简 介

《公共管理评论》是由清华大学公共管理学院组编、清华大学出版社出版的公共管理和公共政策研究的专业学术出版物。第十一卷共收录 5 篇论文、3 篇评论及 6 篇书评。所收录的论文反映了国内外公共管理最前沿的一些研究领域的最新进展，包括海峡两岸特殊政治关系的法理解释、国际经济危机的中国应对、基础教育财政制度、中美 MPA 教育发展比较、财政分权等问题。书评是对 6 本与公共管理相关著作的介绍和评价。

图书在版编目(CIP)数据

公共管理评论. 第 11 卷/巫永平主编.--北京：清华大学出版社，2011.10
ISBN 978-7-302-27101-7

Ⅰ. ①公⋯　Ⅱ. ①巫⋯　Ⅲ. ①公共管理—文集　Ⅳ. ①D035-53

中国版本图书馆 CIP 数据核字(2011)第 210257 号

责任编辑：周　菁
责任校对：王荣静
责任印制：杨　艳
出版发行：清华大学出版社　　　　　　　　　　地　　　址：北京清华大学学研大厦 A 座
　　　　　http://www.tup.com.cn　　　　　　邮　　　编：100084
　　　　　社　总　机：010-62770175　　　　邮　　　购：010-62786544
　　　　　投稿与读者服务：010-62776969，c-service@tup.tsinghua.edu.cn
　　　　　质　量　反　馈：010-62772015，zhiliang@tup.tsinghua.edu.cn
印　装　者：北京嘉实印刷有限公司
经　　　销：全国新华书店
开　　　本：180×255　印　张：9　字　数：198 千字
版　　　次：2011 年 10 月第 1 版　　印　　　次：2011 年 10 月第 1 次印刷
印　　　数：1～2000
定　　　价：32.00 元

产品编号：044650-01

目　　录

CONTENTS

论　　文

国际经济危机的中国应对：印度观点[①]

By Joe Thomas Karackattu[*]

摘　要：中国为应对国际经济危机而采取的刺激政策已经走到了第二个年头。[②] 经济危机侵入中国的时候，制定政策者正在试图解决国内经济过热问题，这无疑是一个两难抉择。自此之后，中国已经采取措施促进经济从当前危机中复苏。然而，对于某些政策来说，中国是可以从政策调整中获益的。这篇论文评估了中国应对危机的刺激政策，同时结合了印度经济专家对这个问题的观点。

关键词：中国　经济衰退　刺激措施　复苏　印度观点

引　言

自从 2008 年第四季度开始出现经济危机以来，"衰退"、"刺激"和"复苏"一直是各种讨论的主要话题。毫不夸张地说，衰退持续时间之长、涉及面之广和影响之深是大多数人——包括政府在内——所没有想到的。衰退第一个信号就是由超额发放次级贷导致的一些美国金融机构破产。以美国和欧洲的金融机构为核心，危机迅速蔓延到实体经济以及整个世界。

衰退对于中国经济的影响一部分体现在美国要求中国在外贸领域同时减少外商直接投资（FDI）和总体增速（美国是中国第一大贸易伙伴）。中国的外向型经济印证了一个出口巨幅下降的过程，出口总额占 GDP 比重从 2007 年的 37％ 跌至 2008 年的 19％[③]。如此巨幅的外贸萎缩打击了中国大量的出口导向型企业，进而导致就业机会

　＊　Joe Thomas Karackattu 是新德里尼赫鲁大学国际关系学院东亚研究中心的博士生。他同时也是新德里国防研究与分析研究所（IDSA）的副研究员。他曾经在耶鲁大学做过访问研究生（福克斯国际学者，2008—2009）。E-mail：joethomask@aya.yale.edu。

　①　这篇文章中的采访是通过电子邮件和电话获得的。其中的引用内容是有关专家为这篇论文向作者提供的。文中的观点不一定代表专家所在组织的观点。

　②　此处指 2010 年。

　③　Molano，Walter（2009），"Economic Crisis and the BRIC Countries"，The Journal of International Business & Law，Volume 8 No. 1；The Hofstra University of Law and the Frank G. Zarb School of Business，New York，pp. 17-27。

图 1　全球真实 GDP 增长趋势和预测

e 指估计值；f 指预测值；以 2005 年不变价值美元计算的 GDP 合计增长率。

资料来源：世界银行，2010 年全球经济展望；《亚太区会议报告》(2010)。

急剧减少。中国的工业增长增速在 2008 年 9 月减少到 11.4％，达到过去几年的最低值[1]。其中，来自农村的打工者受影响最大[2]。农民工的汇款是他们在农村家庭的主要收入，当经济危机逐渐加深，这些工人中差不多 20％的人（超过 2 亿）被认为失去工作并被迫返回家园。[3]

出人意料的是，当经济危机发生时，中国面对的是一个完全不同的问题。有些人可能还有印象，2008 年中国正在试图解决经济过热问题[4]。在这之前的几年，中国经历了两位数的高速增长。考虑经济过快增长带来的副作用，包括地区增长不均衡和贫富差距拉大，中国政府试图采取措施使过热的中国经济"软着陆"。就在这个时候，世界金融危机发生了。突然间，形势逆转——从解决高速发展的"过热"经济到处理 2008 年历史上最低的经济增长。2009 年第一季度，中国经济增速跌至 6.1％。此时，中国政府的压力来自于如何使经济复苏。

对于中国处理复苏能力的印度观点有助于分析中国的刺激计划以及评估为解决经济"复兴"而采取的措施。一个原因在于，通过财政和货币政策结合，印度被认为已经成功地化解了金融危机，保持了高速的经济发展。然而，值得事先声明的是，中国和印度之间存在差异性，因此直接比较两国的财政和货币政策并不是本文的宗旨。印度

---

[1]　Schearf, Daniel(2008), "Global Financial Crisis Drops China's Economic Growth to Slowest Pace in Five Years", in Molano(2009).

[2]　Cai, Fang and Meiyan Wang (2009). "Impact of Financial Crisis on Employment and Countermeasures", Working Paper, Institute of Population and Labor Economics, Chinese Academy of Social Sciences, Beijing, cited in Cai, et al(2010).

[3]　Pyo, MC(2009), "China: Aiming for 8％ Growth Despite the Financial Crisis," SERI Quarterly, No. 2, pp. 43-49.

[4]　经济过热指一个经济体中过度的经济活动，经济分析师担心这回引起通货膨胀。

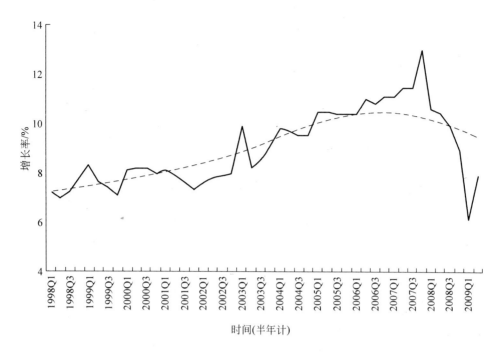

图 2   中国经济增长趋势,从 1998 年第一季度到 2009 年第一季度

实线:真实增长率;虚线:预计增长率;Q 指季度。

资料来源:国家统计局,2009; Cai, Wang and Zhang,2010①。

目前是一个消费驱动型经济体,出口(包括软件)大约占 GDP 的 17%。很明显,印度的出口比例相对较低。与印度不同,中国更加依赖于投资和出口(中国出口总额占 GDP 的 30%)。大部分经济学家把印度经济抵御危机的能力归功于它严格的银行政策,使其免受全球经济衰退的影响。然而,两国的相同点在于同样需要从危机中快速复苏过来。

中国的刺激计划

经济危机的影响迫使全世界各国政府采取一系列的财政和货币政策为即刻的"伤口"——经济衰退敷上"创可贴"。按绝对价值计算,美国和中国采用了最大规模的刺激计划②。《2009 美国复苏与再投资法案》合计 7 870 亿美元。然而,按相对价值计算,中国拥有最大规模的刺激计划(占中国 GDP 的 13%～14%,而美国刺激计划只占其 GDP 的 7%)。

---

① Cai,Fang,Dewen Wang,and Huachu Zhang(2010),"Employment Effectiveness of China's Economic Stimulus Package",China & World Economy,Vol. 18,NO.1,pp. 35-46.

② Kodt,Henning and Harmen Lehment(2009),The Crisis and Beyond,Kiel Institute for the World Economy,November 2009,p. 195.

中国对金融危机的反应不可谓不强烈，主要体现在刺激计划规模之大，按照 Ahrens（2009）[①]的说法，这么做主要出于以下两点：

（1）投资占据中国 GDP 的半壁江山。由于投资往往跟随经济周期或兴或衰，中国对于突然的投资放缓所带来的经济和社会破坏更加担忧。

（2）鉴于较低的中央政府负债水平，中国对赤字支出的承受能力更强。正因为如此，众所周知，从危机中恢复过来需要一个过程，因此在问题加重之前，还有一定的空间来锁定问题。

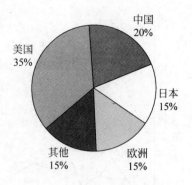

图 3　全球经济刺激计划
资料来源：Kodt and Lehment 2009。

中国政府在 2008 年推出为期 2 年的 4 万亿[②]元人民币（5 860 亿美元）刺激计划。中央政府负担大约 1.18 万亿元，剩下的一部分由地方政府承担（1.23 万亿元），另一部分由银行（贷款）承担。由于还有其他的刺激措施实施，如为期 3 年预算 8 500 亿元人民币的医疗计划，预期全部支出计划，包括新的中央和地方政府项目以及加速计划，会远远超出宣布的货币量。众所周知，计划实际执行往往超出计划时间和预算。

全世界的政府刺激政策可以归为以下几类：直接政府支出、减税和向家庭转移财富（Ahrens op cited）。中国的刺激计划包括所有这三种类型，体现于政府公共建设、税收改革[③]和社会福利。从图 4 中可以清晰地看到刺激计划的组成。

批评集中于中国刺激计划的大部分（如四川地震重建和基础设施支出）已经到位，不能代表"新支出"。这提出了第一个问题——是否是新增款项，有没有不同？对于这个问题，一些印度专家认为对于"老项目"的批评并不充分。新德里发展中国家研究与信息系统（Research and Information System，RIS）高级研究员 Ram Upendra Das 博士认为："财政刺激计划通过投资于运输工具、公共设施等创造了资产，这将对经济造成更持久的影响。"新德里政策研究中心（Centre for Policy Research）的 Bibek Debroy 教授指出："与其他大部分国家相比，中国的财政状况更有利于实施刺激计划（以更大规模政府开支的形式）。虽然一部分刺激计划被重新包括进来，还是有很多新的内容被添加进来。"刺激计划最初的效果已经显现了。2009 年中国 GDP 增速达到 8.7%，超过政府 8% 的目标（为了消除经济衰退的不利影响和促进就业，政府设定了最小 8%

① Ahrens，Steffen（2009），"Fiscal Responses to the Financial Crisis"，Policy Brief No. 11，October 2009，Kiel Policy Brief，Kiel Institute for the World Economy.

② 中国政府刺激计划的开销主要集中于以下几个方面：1.5 万亿元人民币用于基础设施建设（铁路、公路、机场和水利设施）；1 500 亿元人民币用于教育、医疗、文化和计划生育；2 100 亿元人民币用于能源、节能减排和环境保护；3 700 亿元人民币用于经济结构调整和技术革新；1 万亿元人民币用于震后恢复和重建；4 000 亿元人民币用于保障房建设，主要是为低收入者提供廉租房；3 700 亿元人民币用于农村生计项目，为农村地区提供安全的饮用水、农村电网改造、公路建设、沼气建设、建筑物和农牧民栖息地整修。政府同时还计划通过提高谷物最低收购价，为农民提供补贴提高农民收入，同时承诺给予低收入人群充足的社会保险福利。

③ 税收改革：改革增值税制度（企业可以扣除固定资产），为企业减少税款总额近 1 200 亿元（2007 年工业利润的 4%）。通过这种税收减免，政府希望企业能够进行资本设备升级。

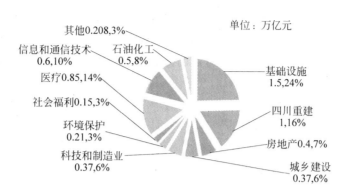

图 4   中国经济刺激计划分布

核心的 4 万亿元财政刺激计划分布后来修订为：38% 为基础设施建设；25% 为四川地震重建；10% 用于保障房建设；9% 用于创新；9% 用于发展农村；5% 用于治理环境；4% 用于社会福利。

资料来源：英国贸易投资促进总署 2010。

增长率目标）。看起来中国表现得非常出色，因为 2009 年第四季度增速达到 10.7%（同前）。

位于新德里的印度工业联合会（Confederation of Indian Industry）的顾问 U. D. Bhatkoti 先生这样评价中国的表现："已经出现三个指标证明中国的刺激计划很好地完成了目标：①过去 6 个月经济增速加速；②对外贸易有所复苏；③外贸企业所在的沿海地区就业情况有很大改善。"政府优惠政策极大地促进了基础设施和制造业，引领了中国经济的发展。刺激计划广泛覆盖基础设施和其他行业，这些行业未来几年会为中国经济高速增长提供基础支撑。与刺激计划同步的是所谓"积极的财政政策"。印度也试图获得经济的高速增长，甚至达到两位数的增速，但是印度应当立即把目光集中于基础设施建设，这也是印度政府正在奋力推动的。印度政府的刺激计划极大地帮助了印度工业承受全球性衰退带来的负面作用，同时，各个经济指标开始飘红。

考虑中国的刺激计划开始产生预计效果，所有这些都意味着一切已经恢复原状，中国已经平稳复苏了吗？答案既是又不是。回答是，因为计划的经济增长率已经达到了；说不是，因为中国的净出口在 2008 年之前贡献 GDP 增长超过 2 个百分点，但是现在急剧萎缩。这意味着在 2009 年，中国的增长不是源于之前的劳动密集型产业，是财政刺激计划和主要以银行贷款形式出现的宽松货币政策导致的大量固定资产投资，贡献了 2009 年 GDP 增长的 7 个百分点。按照新德里政策研究中心 Partha Mukhopadhyay 博士的观点："专注于基础设施建设意味着能够维持年轻的男性农民工获得工作，但却缺乏对消费品行业的支持（除了家电下乡计划），意味着女性农民工或许会不成比例地失业。"

另外一些人认为由于中国人储蓄意愿很高，所以通过基础设施刺激经济比把财富转移给大众更合算。Ram Upendra Das 博士是新德里 RIS 的高级研究员，他认为："基础设施投资的确能创造就业岗位，而且更重要的是，它能够创造更多经济活动，从而为其他行业创造更多就业机会。因此，鉴于它能够在未来创造出足够多的就业机会,我不认为目前把目光集中于基础设施建设有什么问题。相反地,我认为中国明智地利用经济危机作为一个契机,一方面着力于中长期经济发展;另一方面在短期实施刺激计划。这种短期内增加流动性与长期提高福利相混合的做法是可以理解的。"印度国际经济关系研究委员会(ICRIER)主任及首席执行官 Rajiv Kumar 博士强调了这种做法的另一个特点。他认为:"中国政府的财政支出集中于在不发达的西部和中部进行基础设施建设,有助于帮助这些区域的居民提高收入同时促进消费。有报道称也有一部分财政支出直接用于补贴耐用消费品的购买。然而,最重要的措施应当是建立一套用来关怀居民退休后生活的安全系统,这能够为减少中国的居民储蓄水平提供原动力,同时也能促进经济均衡发展。"

至于具体的产业政策措施,中国政府挑选了 10 个重点行业作为其刺激计划的受益者,目标是以不同的方式为这些行业提供支持(促进出口、增值税减免;政府支持的海外市场扩张;加大政府购买力度)。这 10 个行业包括:汽车制造业、轻工业、物流业、信息与通信技术(ICT)、有色金属、石油化工、房地产(后来改为装备制造)、船舶工业、钢铁和纺织①。然而,有批评说刺激计划大部分集中于国有企业(SOE),造成工业产能过剩,而那些更需要资金的私有部门却被饿死(国有企业垄断的问题存在已久)。刺激计划里的这种不平均分配尤其体现在铁道部一家就获得超过 1 万亿人民币(1 460 亿美元)的刺激经费用于高速铁路建设。印度阿海珐输配电公司(AREVA T&D India Limited)的主管(非执行董事)C. M. A. Nayar 不认为刺激计划会导致产能过剩,"投资主要用于基础设施建设而不是扩大工业产能。事实上,中国已经出现了工业产能过剩的问题并正在通过增加国内消费来维持这些工厂按照生产能力运营下去。中国的出口贸易由外商控制,而不是国内的国有企业。人们不要忘记刺激计划的一部分已经被用于补贴农村必需品的消费。虽然这个措施有助于促进社会公平,但是它在经济效率方面的贡献有限"。

很多人争议刺激计划集中于国有企业破坏了中国在对私有制经济地位提升方面做出的巨大进步(始于 1997 年的十五大,认为私有制经济是"国民经济的重要组成部分"②)。已经采取很多措施进行国有企业的私有化。这种所有权重组同样伴随难能可贵的财政、金融和银行体系改革,以及改革政府机构的规模③。一些人担忧集中于当前刺激计划的巨量政府支出会对非国有和私人投资产生挤出效应。刺激计划银行贷款的大约 40% 流向中长期项目(大多数与基础设施建设有关),并且大部分与国有

---

① UK Trade & Investment(2010),"Market Access Intelligence:Including the Challenge of China Fiscal Stimulus Initiative (FSI)", 25 February 2010, Accessed online 17 March 2010;URL Web:https://www. uktradeinvest. gov. uk/ukti/fileDownload/Market_Access_Intelligence_Including_the_Challenge_of_China_- Jeremy_Gordon. pdf? cid=441870.

② Qian,Y(2003),"How Reform Worked in China",in D. Rodrik,(eds),In Search of Prosperity:Analytic Narrative of Economic Growth,Princeton,NJ,Princeton University Press,pp. 297-332.

③ Qian,Y and G. Roland(1998),"Federalism and Soft Budget Constraint",American Economic Review, Vol. 88,No. 5,pp. 1143-1162.

企业有关(Knowledge@Wharton project 2010)①。很显然,为了能够在未来使其经济得到平衡,中国需要为其充满活力的中小企业做些事情,这些企业大部分都是出口型的,承受国际经济放缓的很大打击。"我认为中国想通过扶持中小企业调整经济结构,但是目前很多大型国企的生存受到威胁,政府自然会导向救济这些国有企业。政治方面的问题也很重要,因为首先应当激励地方政府创造就业和遏制迁移。对于中国政府来说,刺激计划的质量才是关键所在——最大一笔钱用于高质量的公共设施建设(1.5万亿元),第二大部分用于震后重建(1万亿元)。政府控制的流向制造业部门的资金主要是用于技术革新(3 700亿元),旨在从出口导向、劳动密集型制造业转向高端制造业。国有企业应该依靠更多的技术密集型产品作为引擎。这也可能是为什么刺激计划集中于国有企业的原因。"新德里观察家研究基金会(Observer Research Foundation,ORF)高级研究员 Jayshree Sengupta 这样认为。

新德里政策研究中心高级研究员 Partha Mukhopadhyay 博士认为:"全世界的刺激计划强调了政府扮演的角色,因为这些资金来自公共财富。因此,这个批评不具有相关性。除此之外,包括黄亚生在内的很多学者认为与邓小平开始改革开放的时代相比,中国最近十年的成长都是政府主导的。这反映出从乡镇企业模式的经济活动向以城市为基础的全球性工业和服务活动转变的轨迹(不要忘了中国服务业增速比印度快得多)。因此,有争议的是,政府对于中国经济的影响不仅仅是对经济危机作出的反应,而是长期的模式。事实上这种政府干预已经不是直接投资于国有企业,而是通过各种各样的上市公司和合资企业进行。至于产能过剩的问题,如果一个经济体以8%～10%的速度增长,那么产能过剩会很快消除。至于银行贷款,真正的民营企业,比如在江苏、浙江和广东的大部分企业从未有大量银行融资的渠道。因此,民营企业不会因为政府借贷而突然陷入资金短缺的境地。至于固定资产投资,广义地包括基础设施建设和房地产投资。经济危机刚刚开始时,房地产投资急转直下,基础设施投资保证了固定资产投资保持稳定。最近的数据显示房地产增长非常迅速,可能会导致政府减少基础设施投资。"

另一个与中国面对经济衰退采取对策相关的问题是对中国操纵汇率的指责。2005年之前,人民币与美元绑定,在这之后,人民币采用浮动汇率制。2008年世界经济危机重创中国出口时,这种盯住美元的汇率政策又重新启用。尽管最近的政策伴随一些货币升值,世界上还是主要在谈论人民币人为地被低估,以使中国在出口方面获得不公平的优势。赞成人民币升值的人认为这样可以减弱中国国内的通货膨胀,同时促进国内需求,以平衡中国和整个世界的经济体系。然而,大部分中国人都认为货币升值看起来顶多能够平衡中美之间的贸易盈余,并不能促进整个世界的经济增长。就这点而言,国家应用经济研究院(NCAER)总干事 Suman Bery 认为:"中国首先应该从选择汇率制度方面考虑国内的货币政策。像印度的汇率政策一样,中国会受益于更

---

① Knowledge@Wharton project(2010),"After China's RMB 4 Trillion Stimulus,Now What?",20 January 2010,accessed online 11 March 2010;URL web:http://www. knowledgeatwharton. com. cn/index. cfm? fa＝viewfeature&articleid＝2168&lan guageid＝1.

大的汇率灵活性,而不需紧盯最终的汇率水平。如果来自外界的压力减少,他们将更易于采取正确的措施。名义上的浮动汇率有利于经济再平衡,但却不一定是最重要的。这一政策需要其他措施配合来提高家庭的收入。"

另一位不愿具名的高级经济师认为:"中国的货币估值确实伤害了其他一些国家,但是涉及美国,这就是一个两难抉择。人民币升值不会在微观层面改变美国经济。美国经济不会因人民币升值而受益,比如失业率下降或者企业迁移等。真正受益的是其他国家。只要中国通过汇率保持它的优势——不光是出口,即使印中贸易赤字都有所增长。因此,在这个问题上,印度与美国对于汇率估值的观点是一致的,但是印度并不是非常积极地促进人民币升值。就中国人对于货币升值的恐惧而言,人们必须牢记一件事——货币升值并不自动地损害出口竞争力。因此,应当采取温和的升值策略。阻碍人民币升值的正是对未知的恐惧,这种恐惧感是很普遍的。正是负面结果的不确定性阻碍了中国的领导人来推销这种观念。"

经济衰退环境中常常提到,并且经常与刺激计划联系起来的一个问题就是巨量政府强制性银行贷款可能会导致流动性危机。跟随刺激计划,2009 年新增的大约 1.4 万亿美元贷款创造了历史新高[①]。全国范围内房地产价格飞涨——从 2009 年初开始,主要城市登记平均价格水平上涨了 25%[②]。总理温家宝在 2009 年 12 月强调了这个问题。ICRIER 的主任和首席行政官 Rajiv Kumar 认为:"迄今为止,中国人在控制宏观经济方面表现出卓越的才能,成功避免了通货膨胀和紧缩银根。然而,有报道称财政扩张政策导致了南方部分省严重的房地产泡沫。这可能会为当局造成两难困境,一方面要维持经济增长;另一方面又要抑制资产价格膨胀。"有担心认为住宅和商业地产过剩会花费相当长时间才能被吸收掉。随之而来的是对于借贷狂潮的审查和更严厉的借贷限制(更高的准备金率)、更高的头期款和更严厉的对于所有权的控制。然而,一些经济学家认为,对于资产泡沫的担忧可能是言过其实的:"与成熟经济体相比,在中国和印度这样的国家,人们有更少的理由担心房地产市场。在成熟经济体,资产价格下行的风险很高,因此也更危险。这个风险在中印要低得多,因为很多人刚刚开始有自己的房屋。这当然是一种投机的观点,但是在印度,举例来说,我们看到了房地产价格的上涨。房地产泡沫的风险在于价格突然下跌——这在印度和中国这样的国家不是非常严重的问题。另一个原因是较高的首付比例也减少了拖欠的风险。"正如前面提到的那样,为了处理经济危机,需要持续不断地进行调整,比如信贷政策的松紧。"按时"检查这些措施的影响,比如通货膨胀,是非常重要的,因为经济复苏可能会因刺激计划过早收回而受到严重损害。新德里政策研究中心的 Bibek Debroy 教授认为:"对于刺激计划的定义,应当是包含宽松的货币政策和财政政策。通货膨胀的

---

① Xinhua(2010),"China reports record ＄1. 4 trln in loans in 2009",updated 15 January 2010,Accessed online 24 February 2010;URL Web:http://www. chinadaily. com. cn/china/2010-01/15/content_9329486. htm.

② Xu,Gao(2010),"One year later:China's policy stimulus results in strong 2009 economic growth,reason for optimism",26 January 2010,Accessed online 24 March 2010;URL Web:http://blogs. worldbank. org/eastasiapacific/one-year-later-china-s-policy-stimulusresults-in-strong-2009-economic-growth-reason-for-optimism.

加剧无疑会导致货币政策收紧，从而使经济增速放缓。因此，货币刺激的终止要循序渐进，以国际经济和出口复苏作为评判标准。"

最近的国际金融危机的一个结构性原因被认为是美国过度消费和中国过度储蓄的不均衡。对于中国来说，通过大量国内储蓄和海外投资形成的大规模资本投资，是经济发展的最主要动力①。然而，中国目前需要集中力量从传统的出口导向型增长转为内需拉动型增长，因为对于国际贸易的高度依赖性被认为是中国受危机拖累的主要原因。中国国内消费占整个经济的35％，远低于发达国家，比如美国（70％～72％），甚至低于一部分发展中国家，如印度和泰国（55％～60％）②。中国国民储蓄率在2007年达到令人瞩目的51.2％（比2000年的37.7％提高了13.5％）③。高额居民储蓄的一个原因在于中国薄弱的社会保障体系（用来对冲个人的医疗和退休支出，补充医疗保险、社会保险和养老金）。刺激计划试图解决消费过低的问题。"家电下乡"计划可以作为一个例证。这一计划通过补贴农村居民消费家用电器鼓励国内消费品消费（电视机、冰箱、手机等）。④ 另一个通过削减小汽车消费税提振汽车消费的政策也被引入。然而，有担心称这种措施不能帮助中国调整经济结构，走向消费拉动型经济。新德里政策研究中心高级研究员Partha Mukhopadhyay博士指出："尽管'家电下乡'可以被视为刺激消费的行为，中国储蓄的真正问题不在于家庭的储蓄（与印度相当），而是企业盈余（最近增长非常快）和政府盈余（来自于不充足的社会支出）。但我们发现了这一变化之后，才能讨论如何调整中国经济结构。这也意味着政府直接向城市和农村的低收入人群的支出，比如说低保，不太可能产生太大的效果。首先，正如在前面指出的，真正的问题不在于家庭储蓄；其次，这些低保资金作为全部消费支出的一部分，不可能太高，所以也起不了什么实质的作用。然而，有一个学派的人认为中国的储蓄这么高是出于避险，为了弥补医疗保险和教育津贴等的不足。如果政府采取全面医疗保险——这个计划已经开始——和真正免费的教育，那么家庭储蓄率会降到比目前低得多的水平。"

就这点而言，德里大学东亚研究系的Madhu Bhalla教授提出一个很有趣的问题："对于全球经济不平衡的解决之道就是创造一个消费的世界吗？按照美国的说法，假定中国过度储蓄，认为中国更高的消费水平会平衡世界经济的观点值得怀疑。这尤其与美国次贷危机有很大的关系，众所周知，次贷危机是世界经济衰退的导火索，并且正是由于政府和个人的过度消费造成的。如果消费是解决经济不景气的法宝，那么美国

---

① Wu, Yanrui, Zhengxu Wang, and Dan Luo（2009），"China's investment record and its fiscal stimulus package"，Briefing series，Issue 50，March 2009，China Policy institute，University of Nottingham.

② Pettis, Michael（2009），"The Difficult Arithmetic of Chinese Consumption"，5 December 2009，Accessed online 20 March 2010；URL Web：http://wallstreetpit. com/12688-the difficult-arithmetic-of-chinese-consumption.

③ Wiemer, Calla（2008），"China's economic stimulus is good news for global markets"，13 November 2008，accessed online 17 March 2010；URL Web：http://www. today. ucla. edu/portal/ut/china-s-economic-stimulus-is-good-71857. aspx.

④ Xinhua（2009），"Home appliances makers catch their breath as rural sales boom"，1 June 2009，Accessed online 14 February 2010；URL Web：hppt://www. china. org. cn/business/2009-06/01/content_17864579. htm.

将第一个走出危机。正好相反,美国经济效率的缺乏和美国工人不愿降低薪酬期望的状况,导致工作机会转移到薪水更低的国家,这是美国经济不景气的最核心原因。中国不应因此受到指责。"从政策观察角度来说,Bhalla 教授建议:"解决中国的问题要从内陆省经济角度出发,这些地区被沿海经济落在后面,造成了不平衡。应当努力创造就业岗位,而不是救济,才是解决之道。工作机会、工业或者复兴的农业经济最终会把更多的钱放进农民的口袋,从而从各个层次改变中国的支出模式和收入水平。这个过程曾经发生在沿海地区,并将最终发生在内陆。长期来看,这是一个更具可持续性的方案。"

最后,在当前经济危机的背景下,当中国与区域内另一个有活力的经济体——印度进行比较时,我们能够得出什么有用的结论呢? 鉴于两个国家的跳跃式发展轨迹,首先要理解的一点是中国首先是经历了"亲市场"的过程,然后才是"亲商"——政府在中国经济中扮演重要的角色①。印度正好相反。印度最先经历的是私有化,也就是亲商政策(removal of the system of licence in the 1980s),在此之后,才开始开放国际贸易(降低贸易壁垒,同时加强国际合作),也就是亲市场的政策(同前)。作为一个有形的结果,当今中国更好地融入了国际经济,主要体现在贸易方面,尽管与国营部门相比,它的私营部门仍然要依赖于宽松的货币政策。然而,印度尽管不是一个外贸大国(相对而言),却拥有蓬勃发展的私人部门和富有活力的二级市场。中国和印度都从对外开放中获益,并且都在不断巩固其制造业(前者)和服务业(后者)的优势。然而,考虑到区域经济不均衡和增长分配不平均,两个国家都面临相似的挑战。

印度工商会联合会(FICCI)的经济事务顾问 Anjan Roy 先生认为:"我们有很多东西要学,但是这里有正反两个方面存在,需要取舍。如果说印度在什么方面有优势的话,那就是金融部门。无论是按照市场上现有的金融工具,还是金融监管体系来说,我们拥有一些机构能够作为防火墙保护印度经济。然而,更多的还是自由市场机构。这一经验可能并不适用于中国金融体系。"新德里印度工业联合会(CII)的顾问 U. D. Bhatkoti 指出:"有必要通过扩大两国贸易和向印度企业开放中国的服务业,尤其是 IT 部门,来降低贸易不均衡。中国同样需要为印度产品打开市场。随着未来几年中印贸易增长,两国都需要处理类似的问题以维持经济增长。"

结　　论

新德里国家公共财政和政策研究所(National Institute of Public Finance and Policy)的 N. R. Bhanumurthy 教授认为:"中国(对于印度和其他国家也是一样)巨额的财政刺激计划最主要的目的在于创造有效的国内需求,弥补由于国际金融危机造成的外部需求枯竭。由于外贸贡献了中国 GDP 的四分之一,非常有必要采取措施支持这个行业的增长。刺激计划很大程度上是为了加强个人消费,作为公共支出,基础

---

① Alessandrini, Michele (2009), Essays on the Indian Economy, Università Degli Studi Di Roma "For Vergata", Thesis accessed online 20 February 2010; URL Web: http://hdl. handle. net/2108/1162.

设施建设以及其他关键行业的税收减免已经达到了很高的水平。整个战略不是什么新东西，而是一个古老的凯恩斯方法。当然，这个战略能够帮助中国缩短周转时间，但是更具有挑战性的是这个刺激计划的反转。总的来说，中国提出的新国际金融体系结构导致更加强势的人民币，同时带来温和的长期增长。"

当前中国的经济形势及其贸易与国际贸易的整合程度都向中国领导人提出前所未有的难题。很多方面都需要注意。最近的产权改革是一个令人鼓舞的信号，与教育、医疗补贴以及财富重新分配有关的改革需要进入快行道。最近有人提出八条政策建议，具体内容如下：

（1）无论什么财政刺激计划，投入的资金都不能立即转化成资本形成额。当涉及发展指数（不仅仅是增长情况）刺激计划的全部影响显现出来需要一定时间。因此，无论什么级别的政府机构首要任务是减少政策和实施之间的延迟。

（2）除了倾向于基础设施投资，还需要关注医疗、教育、劳动密集型制造业、民营企业、服务业和中小企业、高附加值制造业、发明创造的扩张。与投资于职工培训或者教育、有效的医疗保险计划、廉租房计划、廉价的教育机会相比，新建一条铁路或者港口对于消费需求的提升肯定是滞后且有局限性的。

（3）地方政府可以，也应当更多关注乡村建设，而不是城市。与城市相比，完善的社会保障对于农村家庭消费量的提高更加显著——城市家庭只有在对医疗、住房和子女教育方面开销的担忧减轻的时候才考虑买一台新电视、洗衣机或者微波炉——因此减少了家庭避险储蓄，而用作他途。

（4）在城市，重点应在解决流动性难题。这要求改革流动工人（有超过 2 亿农民工）的城市登记制度（户口），使他们能够成为合法的城市居民。这个举措为他们提供保障，以致所居住的城市更多地消费而不是攒钱寄回老家——后者大部分还是被存起来而不是花掉。这类突发性消费同样保证税收同比例增加。

（5）每个地区都应当确定刺激计划中财政开销的哪个方面最适合当地的政治和经济状况。每个地区应当谨慎地确定经济社会中的哪个方面还不是很发达。比如，一个遭受自然灾害袭击的地方最好把财政支出花在基础设施重建上（水力、电力）。另一方面，一个有良好工业基础的省可以把重点放在社会消费需求上（教育、医疗、养老保险和收入保障等），确定资金配比，而不是像一把伞铺开，同时解决各个方面的问题。

（6）可以设置专门针对受经济危机打击最大的出口行业的就业刺激计划（比如有选择的退税）。那些提供职业培训、内部再培训或者再就业岗位的企业应当享受这个优惠政策。这有别于直接补贴长期亏损的企业，他们把经济危机作为一个继续存活下去的借口而要求庇护。

（7）在货币政策方面，与相类似的纽约（NYSE）和印度（BSE）的二级市场相比，上海证券交易所并不是预示市场健康程度的最好指示器。小心不要过度解读上证指数和上涨的房地产价格。同样，正如本文部分专家指出的那样，"冷却"过热经济的措施需要非常小心地执行。

（8）为了使经济再平衡、创造增长和就业机会，需要通过放松国有企业对服务市场的束缚,以刺激使其扩张,巩固正在进行的改革。在农村地区,农民应该被允许使用土地作为抵押获得资金。加速民间金融部门的自由化是另一个选择。中国的金融体系和资本市场需要改革,以便更好地把这个国家的巨量储蓄引导到私人部门。

与过去不同,中国最近已经发现过度依赖产品出口的副作用。因此,中国必须通过集中注意力于创造就业岗位、产业创新和农业复兴刺激国内需求。有些人可能会认为,刺激计划只是用来救急的,也就是解决那些影响经济体健康的最迫切的问题。然而,在处理短期挑战的同时,中国政府不应忘记长期的结构调整。有几位学者写文建议当前的经济危机是一个为长期发展而进行结构调整的非常关键的时期。认为刺激计划和长期改革是两个不同的过程,可能会行不通。举一个最近的例子,地方和中央政府无力控制由宽松的货币导致的投机活动,最终以补救措施告终(严格的信贷政策和财产所有权政策等)。这本身就是很好的证明:最初的"救急"导致经济体中更多的流动资金需要通过持续的金融改革进行约束。

很明显,如果中国希望持续它的成功,迎来下一波高速增长,就需要专注于从沿海地区向内陆的转移进程。中国已经做出一些努力,比如2000年提出的西部大开发战略,第十个五年计划专门强调发展西部地区。然而,如何吸引投资者到内陆和西部投资,对于中国政府仍然是一个巨大挑战。这引出一个最近产生的争议——到底是硬件基础设施,如高速公路和铁路,还是软件基础设施,如更加透明的制度、深化改革和宽松的政府(也就是市场导向的),在吸引跨国公司方面更有效?从中央计划经济(政府部门主导)向日益加强的市场导向型经济(私有部门主导)的转化,是主要吸引跨国公司不断在中国进行投资的原因。研究表明,其他方面相同的情况下,外国公司会优先选择内部改革程度更高、外商直接投资能够加强生产力发展的区域。

眼下,因最近这场金融危机对自由主义逻辑认为"自由市场"具有自我纠正能力的观点提出的挑战而沾沾自喜,是非常不明智的。"自由市场"本身不应当为危机负责,因为实际上是"未经调节的"市场导致了全球经济衰退。因此,中国政策制定者的挑战在于皈依重商主义的同时进行有效的监管,而不是回到国家主要和保护主义的老路上,就像本文作者在其他文章中论证过的那样。中国已经采取一些步骤克服增长遇到的挑战,并成功地缩短了从这次危机中复苏的时间。然而,就像本文强调的,一些政策领域和措施会得益于另一个角度的观察。

The Chinese Response to the Global Economic Crisis: An Indian Perspective

Joe Thomas Karackattu

Abstract: China's stimulus measures in response to the global financial crisis are already in their second year. It is paradoxical that the financial crisis hit China at a time when Chinese policy makers were trying to handle the "overheated" economy.

China has since taken several steps to successfully reduce the turnaround time of its recovery. However, there are still policy areas that could benefit from a reformulation of strategy. This paper evaluates the Chinese stimulus response to the crisis and brings together various viewpoints of Indian economic experts on the issue.

Key Words：China；Recession；Stimulus Measures；Recovery；Indian Perspectives

海峡两岸特殊政治关系的法理解释
——国际法"政府继承"理论与两岸政府
继承特殊形式探析

郑振清*   巫永平**

摘　要：多年来，海峡两岸政治关系陷于停滞状态，呼唤对两岸政治关系现状和法理进行深入的学术研究。本文在国际公法理论与两岸政治现实对照中发现，两岸在政府继承争议上存在一个盲点：源自国共内战的政府继承实际上处于进行时状态，并未最终完成。这是两岸关系历史演化出来的一种特殊的政府继承状态，与过去两岸分别诉诸国际公法在政府继承问题上寻求完全继承或者完全不继承的理想状态显然有所不同。本文旨在对照政府继承的一般理论与两岸政权关系的特殊现状，区分两岸政府继承的基本性质与不完全的继承形式，为探索"一个中国"原则下的两岸政治关系定位积累理论依据。

关键词：海峡两岸　政府继承　法理解释

对海峡两岸政治关系的研究，不仅需要探讨既有的国内公法和国家结构形式理论，也有必要反思若干国际公法原则。因为自 1949 年以来两岸政治关系的本质是一个国家内部两个敌对政权关系定位的问题，这个本质决定了我们既要通过国际公法论证两岸具有同一国际人格以应对分裂主张，还要通过国内公法探索两个政权关系定位以落实一个中国原则。过去出于反分裂的需要，我们对前一方面的研究着力较深，但对后一方面的研究尚未充分展开。其原因在于，如果两岸要通过国内公法定位两岸政治关系，就需要对介于国际公法和国内公法之间的政府继承问题进行讨论并达成一定的共识。但是现实情况是缺乏共识：对台湾一方来说，不存在中华人民共和国政府对中华民国政府的继承；而对大陆一方来说，中华人民共和国政府对中华民国政府的继

---

　*　清华大学公共管理学院台湾研究所助理教授。通信地址：北京市海淀区清华大学公共管理学院台湾研究所，100084。

　**　清华大学公共管理学院台湾研究所教授。通信地址：北京市海淀区清华大学公共管理学院台湾研究所，100084。

承一直被当做已成定论。

　　这种共识缺乏的状况,正是目前两岸政治关系定位处于困境的关键。如果只停留在这种状况,两岸如何能从和平发展走向和平统一? 起码在学术研究和理论上,我们应该为两岸前瞻性地探索一条可以在相互妥协中共同前进的通道。两岸政府继承问题存在的盲点可以作为这种前瞻性探索的切入口。源自国共内战的政府继承实际上处于进行时状态,并未最终完成。这是两岸关系历史演化出来的一种特殊的政府继承状态,与过去两岸诉诸国际公法在政府继承问题上寻求完全继承或者完全不继承的理想状态显然有所不同。研究这种两岸政府继承的特殊状态,有助于厘清两岸特殊政治关系中"特殊性"的现实根源和法理内涵,有助于消弭两岸的政治争议。本文旨在对照政府继承的一般理论与两岸政权关系的特殊因缘,区分两岸政府继承的基本性质与不完全的继承形式,为探索"一个中国"原则下的两岸政治关系定位积累理论依据,为今后两岸政治关系定位谈判提供法理准备。

一、政府继承:一般理论与特殊形式

　　探讨两岸政治关系,一般从国际法上的政府继承论开始。该理论认为一个国家只有一个合法政府,政府变动不影响国家同一性和延续性,政府继承只有完全继承,而没有不完全继承。据此,1949 年成立的中华人民共和国对原有的中华民国进行了完全的政府继承。[①] 王铁崖曾系统分析"日本京都光华寮案",认为这是国共内战后完全政府继承问题的经典案例。[②] 不过,现实中"中华民国政府"管辖台湾地区,政府继承论是否有能力定位和处理两个政权关系,是一个新问题。最近大陆学者开始反思传统的政府继承论,认为两岸政权实际上是一种尚未完成的政府继承,并借鉴民法中关于权利能力与行为能力的概念,认为两岸政治关系实际上包括三个层面的内容:国家层面、政府权力能力层面和政府行为能力层面。[③] 本文对两岸政治关系定位的探析,也不可避免从"政府继承"概念入手,探索其基本性质与特殊形式的区别。

　　1. **政府继承理论:定义、特征与效果**

　　国际法上的政府继承(succession of governments)是指同一国家继续存在的情况下,由于革命或者政变导致政权更迭,某一政府代表国家的资格被新政府所取代,导致前政府的在国际法上的权利义务转移给新政府而产生的法律关系。其主要特征是:①政府继承的主体是政府。政府继承与国家继承不同,国家继承关系的参加者是两个不同的国际法主体,政府继承关系的参加者是同一国家内的新旧两个政府。②政府继承的对象是符合国际法基本原则的特定权利和义务。这些特定权利和义务涉及条约、财产和债务等具体事项的权利和义务。③政府继承发生的原因是由于革命和政变导

---

　　① 王鹤亭的论文再次强调这个问题,参见王鹤亭.两岸政治定位的分歧处理及建议.台湾研究集刊, 2009(2).

　　② 王铁崖.光华寮案的国际法分析//王铁崖文选.北京:中国政法大学出版社,1993.

　　③ 李秘.两岸政治关系初探——政府继承的视角.台湾研究集刊,2010(1).

致政权更迭。在革命和政变产生的新政府选择了与旧政府完全不同的制度和政策的情况下，就发生政府继承问题。1789 年的法国资产阶级革命，1917 年的俄国十月社会主义革命，1949 年新中国成立，都发生过政府继承问题。

关于政府继承的法律效果，目前还没有任何明确而统一的国际法规则，有关理论分歧很大，有关实践也不一致。正常情况下，政府继承并不影响一国在国际法上的法律地位，也不影响该国依国际法承受的权利和义务。现代国家实践表明，在按照一国宪法程序发生政府继承的情况下，新政府除与有关外国另有协议外，一般会自动接受旧政府代表本国参加的国际条约所设定的权利和义务以及以其名义拥有的国家财产或负担的国家债务。但在因革命或政变而发生的政府继承的情况下，新政府则往往根据有关权利义务的性质及其自身政策和利益的需要决定对有关权利和义务的态度。《奥本海国际法》认为："在政府变动的情形下，不论是按正常的宪法方式还是政变或革命的结果，一般公认，在所有影响国家的国际权利和义务方面，都是新政权代替前政权。"[①]

1983 年的《关于国家财产、档案和债务继承的维也纳公约》只适用于依照国际法尤其是《联合国宪章》所载的国际法原则而发生的国家继承所产生的结果。国家财产是指在国家继承之日按照被继承国的国内法为该国所拥有的财产、权利和权益。[②] 国家债务是指一个被继承国按照国际法而对另一个国家、某一个国际组织或任何其他国际法主体所负的任何财政义务。通常规则是，被继承国的国家债务在继承日期转属。国家的一部分领土分离出来组成另一个国家时，除两个国家另有协议外，被继承国的国家债务应按照公平的比例转属继承国，同时应考虑转属继承国与该债务有关的财产、权利和权益。[③]

2. 政府继承的特殊形式

不过，应该指出，以《奥本海国际法》为代表的现代国际公法理论及政府继承时，指的是新旧政府瞬间交替和完全继承的理想状态，并没有涉及旧政府长期残留和不完全继承问题。这是奥本海国际法理论无法规范现代国家分裂与分治状况的根源。

英国国际法学家詹宁斯和瓦茨修订的《奥本海国际法》也讨论国家内战背景下的国家承认问题，但仍未摆脱新旧政府瞬间交替的理想状态。典型的就是"交战团体"问题。《奥本海国际法》指出："在内战情况下，如果叛乱者已经控制一部分领土，建立起他们自己的政府，并且按照战争法规进行军事行动，其他国家可以承认叛乱者为交战团体……但是，承认某些叛乱者为一个交战团体与承认该叛乱者及其控制的领土为新国家是根本不同的两件事。"[④] 在这里，"交战团体"显然不具有"国家"的位阶，承认"叛乱者"为"交战团体"只是国际交往中的权宜之计，不具有国家承认的法理意义。据此可以推断《奥本海国际法》认为"交战团体"没有政府继承权，政府继承的问题由内战主体自行解决，这与我国传统的"成王败寇"思想其实没有本质区别——胜利者拥有一切

　① 詹宁斯，瓦茨修订. 奥本海国际法. 王铁崖，等，译. 北京：中国大百科全书出版社，1995：150.
　② 詹宁斯，瓦茨修订. 奥本海国际法. 王铁崖，等，译. 北京：中国大百科全书出版社，1995：155-156.
　③ 詹宁斯，瓦茨修订. 奥本海国际法. 王铁崖，等，译. 北京：中国大百科全书出版社，1995：159-160.
　④ 詹宁斯，瓦茨修订. 奥本海国际法. 王铁崖，等，译. 北京：中国大百科全书出版社，1995：103.

合法权利,包括政府继承权,并且在胜利的时刻确定政府继承与否,而失败者失去一切
权利。

但是,在现代国家的政治实践中存在特殊现象,即内战各方长期僵持,"交战团体"
长期存在并且实力强大。在这种情况下,虽然所在国家的同一性和延续性不变,但是
内战状态的延续使得内战各方可能处在一种相互否认但又不得不相互接触的过渡关
系状态。也就是说,存在一种内战长期延续背景下政府继承不完全的特殊状态。

二、两岸政治关系现实与政府继承的过程性

1. 两种针锋相对的主张与两岸政治关系现实

自 1949 年中国共产党领导的新政权"废除伪法统"和废除"六法全书"后,中华人
民共和国政府主张"中华民国政府"在法律上不复存在,主张两岸政治关系的法理实质
是政府继承。其依据包括:①1949 年 10 月中华人民共和国政府成立并建立全国性的
统治秩序,即便尚未有效管辖台湾地区,但一直在推动统一进程;②原中华民国政府
在大陆和海外的绝大部分财产、档案等已由中华人民共和国政府继承;③按 1949 年
《中国人民政治协商会议共同纲领》第 55 条规定,对于国民党政府(即原中华民国政
府)与外国政府所订立的条约和协定,中华人民共和国政府加以审查,按其内容分别予
以承认,或废除,或修订,或重订;④此外,1971 年以来中华人民共和国政府取代"蒋
介石集团"("中华民国政府")作为中国的唯一合法政府地位已得到联合国及国际社会
的广泛承认。这些表述及逻辑逐渐得到国际社会的广泛接受,中华人民共和国政府代
表中国成为基本的国际政治常识,但是没有给 1949 年以后统治台湾地区的"中华民国
政府"留下法理论述的空间。

与此针锋相对的另一种主张认为"中华民国政府"一直存在,1946 年的《中华民国
宪法》一直生效,只不过 1949 年以后"中华民国政府"的治权局限于台澎金马地区,因
此没有被中华人民共和国政府继承的问题。显然,这种主张纯粹从单方面的政权利益
出发看问题,我们不能因为原中华民国政府残留并治理台湾地区,就否认在大陆和海
外发生政府继承的基本事实。

两岸关系的现实状态是,内战后中国保持国家同一性和延续性,中华人民共和国
政府虽然对原中华民国政府进行了政府继承,但是,新政府建立后前政府在局部地区
长期残留,因此在继承形式上并不完全,在时间上还未完成。这种不完全的政府继承
形式,在宪政秩序表现为两部宪法各自规定的国家领土范围基本重叠,两岸同属一个
国家,但两个政权实际并未统治对岸地区;在国际承认上表现为,中华人民共和国政
府继承了原中华民国政府的大部分权利和义务,国际社会普遍承认中华人民共和国政
府为代表中国的唯一合法政府,但是尚有少数国家承认"中华民国政府"代表中国。

在此背景下,所谓积极维持现状,就是要在"三通"基础上,以经济、文化为纽带,促
使两岸人民加深了解,逐步建立两岸的政治互信。可以说,和平发展乃是和平统一之
前必不可少的过渡阶段。但是,这个过渡阶段存在和平分裂的隐患,其中一个重要原

因是台湾民意在国家认同上的变化。根据台湾政治大学选举研究中心的民调资料,台湾民众认同自己是中国人的比例,从 1995 年的 25% 下降到 2010 年 12 月的 3.7%;认为自己既是中国人也是台湾人的比例,从 1996 年最高的 50% 下降到 2010 年 12 月的 39.9%;只认为自己是台湾人的比例,却从 1995 年的 25% 上升到 2010 年 12 月的 52.6%。① 这些数据代表的认同概念也许值得深入辨析,但是所反映的认同变化趋势是十分明显的。而且,当台湾政治领导人不分蓝绿都把"台湾"与"中华民国"等同视之时,"中华民国"认同很容易被等同于台湾的政治认同,而不是等同于对中国的认同。②

这表明,自 20 世纪 90 年代台湾民主化以后,两岸关系的症结已由过去国共内战遗留的政治争议迅速扩展为包括两岸政权对抗在内的国家认同矛盾。其中,关于"中华民国"的政治与法理定位是台湾主流民意最为在意的问题之一,是探讨两岸政治关系一个绕不过去的重要问题。今后,如果要具体推进两岸政治协商,既要继续坚持一个中国原则作为协商基础,同时要将"中华民国"法理定位列入协商议程,否则两岸政治关系很难有打破僵局的机会。

2. 两岸政府继承过程式的历史成因与法理逻辑

在这种新形势下,如果再根据完全政府继承理论单方面公开否认"中华民国政府"的存在,只会把大陆推向台湾主流民意的对立面,与我们争取台湾民心,促进两岸和平统一的战略初衷背道而驰。那么,用什么方法妥善重新定位和应对 1949 年"中华民国"? 显然,传统的完全政府继承理论应该得到补充和修正,我们应准确认识到两岸政府继承在现实中具有过程性,处于进行式,而非理想中的完成式。

这种不完全政府继承形式的出现,有其特殊的历史成因。1949 年《中国人民政治协商会议共同纲领》和 1954 年《中华人民共和国宪法》通过时,整个中国还处在内战延续状态。当时中国共产党和政府寻求"武力解放台湾",统一全中国,因此制定的宪法乃是打算通行包括台湾在内的全中国领土的长期宪法,而非国家统一前过渡时期的宪法。虽然此后国民党当局受美国军事保护据守台澎金马,两岸并未统一,但是大陆宪法的长期性质并没有改变。③ 这与两德关系不同。1949 年 5 月联邦德国成立后虽然决心统一全德国,但无力改变苏联占领区状况,因此《德意志联邦共和国基本法》是统

----

① 参见台湾政治大学选举研究中心. 台湾民众台湾人/中国人认同趋势分布(1992—2010). http://esc. nccu. edu. tw/modules/tinyd2/content/pic/trend/People201012. jpg.

② 参见 2000 年 5 月和 2004 年 5 月陈水扁的就职演说以及 2008 年 5 月马英九就职演说的结尾部分。此外,1999 年民进党中央通过《台湾前途决议文》,虽然继续主张"台湾是一个主权独立的国家",但表示依"宪法"以"中华民国"为"国名",这种新论述在当年为民进党赢得了台湾相当一部分民众的支持,直到今天仍然是民进党的主流政治论述。这种论述反映出"中华民国"政治符号乃是台湾主流民意的一部分,因此民进党对此政治符号的尊重才能得到更多的支持。

③ 1982 年第五届全国人大通过新宪法,在宪法本文中增列"国家在必要时得设立特别行政区,在特别行政区内实行的制度按照具体情况由全国人民代表大会以法律规定"(《中华人民共和国宪法》第 31 条),为制定港澳基本法提供法源,这属于修宪性质。

一前过渡时期的过渡宪法。① 大陆宪法的长期性质没有改变,但还没有适用到台湾地区,于是在政府继承问题上就出现纠葛。

近年来,为了论证中华人民共和国政府具有合法代表性,不少学者借鉴国际公法学家凯尔森(Hans Kelsen)的观点,"按照国际法,革命和政变是造法事实","由于单纯的革命和政变,法律连续性虽然在国内法中断了,而在国际法上却是没有中断的",在这种情况下,"国家的同一名称并不是国家人格的同一性所必要的。一国可改变其名称而不丧失其同一性"②,认为1949年中国发生"政府继承",中国国名由"中华民国"改变为"中华人民共和国",后者与中国有同一性。实事求是地说,此论政治立场正确,基本判断准确,但是忽略了现实政府继承形式上的过程性和时间上的进行式。从中华人民共和国立宪过程与性质来看,原本目的是继承原有中华民国政府,把社会主义制度推行到全中国。但是由于美国军事干预,未能实现"武力解放台湾"的设想。因此,中华人民共和国政府对原有中华民国政府虽然具有政府继承的性质,但属于不完全的政府继承形式。这种不完全的政府继承形式,在现代国际社会中比较少见,实际上意味着两岸政府继承是一个渐进的过程,而非传统国际法理论所认定的瞬间完成的理想状态。

三、政府继承过程性对两岸政治关系定位的意义

1. 台湾学者对不完全政府继承的思考

主张统一的台湾学者中,王晓波教授曾提出"不完全继承"论,试图为两岸政治定位破题。该论认为,中华民国和中华人民共和国是一个国家内的政府继承关系,但这项政府继承没有全部完成,世界上仍然有20多个国家承认"中华民国",1949年中华人民共和国政府以武装革命形式对中华民国的政府继承终止,此后两岸政权的关系乃是一种"不完全的继承"。③ 20世纪90年代,大陆对王晓波的这种主张持否定态度,根源在于担心强调不完全继承会为"一国两府"打开理论出路,甚至演变为"两个中国"。近年来,台湾大学政治学系张亚中教授系统地提出以"一中三宪"定位两岸政治关系的发展方向,两岸从签订和平协定开始,建立统合"中华民国"(张亚中又称之为"台北中国")与"中华人民共和国"("北京中国")的"整个中国"新宪政秩序,以"两岸三席"的形式共同参与联合国,推动两岸全面统合。④ 在这个理论中,政府继承实际上存在模糊性,或者说只存在部分继承。最近两年,大陆学界对张亚中的主张十分关注,但是对其理论评析却较少,归根结底,还是担心"整个中国"为虚,"两个中国"为实,违背大陆在

① 《德意志联邦共和国基本法》规定:"各邦之德意志人民……决心维护德意志民族与国家统一,兹本其制宪权力,制定此德意志联邦共和国基本法,俾使过渡时期之政治生活有新秩序。"1990年德国统一后,德国议会对该基本法进行局部修正,使之成为正式宪法。

② 汉斯·凯尔森.国际法原理.王铁崖,译.北京:华夏出版社,1989:222,219.

③ 王晓波.无条件谈判,有条件统一——论不完全继承与两岸整合.台湾立报,1992-02-13(8).

④ 参见张亚中.两岸统合论.台北:生智文化,2000;张亚中.两岸主权共享与特殊关系.中国评论,香港:中国评论通讯社,2010.

统一问题上的"一中原则"。

今天,我们提出不完全政府继承形式和政府继承的过程性,是基于两岸同属一个中国的原则基础上的,我们主张在任何时候谈"不完全政府继承形式"都必须以"两岸同属一个中国"为前提,并说明"政府继承"的过程性和进行式。

2. 两岸政治关系定位的难题与原则

在对台场合,大陆官方在 20 世纪 80 年代以前将两岸政治关系定位为追求完全统一的中央政府与抗拒统一的旧政权残留势力的关系。20 世纪 80 年代中期以来在"一国两制"愿景和"寄希望于台湾当局"的背景下,试图将两岸政治关系定位为中央与特别行政区的关系,但受到台湾方面的坚决反对。1999 年以后十年,由于反分裂斗争十分紧迫,我们对两岸政治关系定位的研究还未充分展开。2008 年 5 月马英九就职以来,两岸都面临历史遗留问题和过去十余年政治紧张的负担,因此处在彼此试探、寻求互信的阶段,双方的工作重心是推进两岸经济、文化交流与合作,以"九二共识"搁置政治争议,推动两岸事务性协商。不过,从和平统一的战略目标来看,我们认为"九二共识"只是大陆对于两岸政治关系的最低纲领,"九二共识"本身隐含着两岸政治关系定位分歧的难题。

1992 年 10 月底 11 月初海协海基两会香港会谈及函电往来,表明两岸都愿意"坚持一个中国的原则",但对于"一个中国"的含义、认知对方的主张与己不同,这就是"九二共识"的来历。大陆方面认为,"九二共识"就是两岸都表达坚持"一个中国"的原则,同时在事务性商谈中不涉及"一个中国"的政治内涵("坚持一中原则,不表一中内涵")。而按当时台湾方面的理解,"九二共识"指两岸各自口头表达坚持"一个中国"原则,主张"一个中国"内涵乃是 1912 年成立迄今之"中华民国",并认定大陆所说的"一个中国"内涵是"中华人民共和国"("一个中国,各自表述")。[①] 从"九二共识"的形成及此后两岸多次政治立场的表达,可以发现两岸政治关系的一个特殊现象:"一个中国"的"原则"与"内涵"乃是两个既相互联系又有所区别的概念。"一中原则"这种说法属于"国家"范畴,两岸坚持"一中原则"是指两岸同属于一个国家。"一中内涵"则是政府概念,指具体由哪个政府(中央政府)代表这个国家。自 1992 年以来,台湾方面对"一中原则"先后采取承认(李登辉执政前期)——淡化(李登辉执政后期)——否认(李登辉执政末期和陈水扁执政时期)——默认并淡化(马英九时期)的多种态度,大陆则始终坚持"一中原则",并视之为两岸政治互信的基础。另一方面,很显然,两岸在"一中内涵"这个层面没有形成共识,还隐藏着深刻的矛盾。

目前两岸关系进入和平发展的新时期,我们应该结合新形势探索国家统一之前两岸政治关系新定位。2008 年 12 月 31 日,胡锦涛总书记发表讲话提出:"为有利于两岸协商谈判、对彼此往来作出安排,两岸可以就在国家尚未统一的特殊情况下的政治关系展开务实探讨。"[②]这说明大陆对台决策核心已经认识到有必要探索国家统一前

---

① 苏起,郑安国."一个中国,各自表述"共识的史实.台北:财团法人国家政策研究基金会,2002:3-5.

② 胡锦涛.携手推动两岸关系和平发展,同心实现中华民族伟大复兴——在纪念《告台湾同胞书》发表 30 周年座谈会上的讲话.北京,2008 年 12 月 31 日.

两岸政治关系的定位。为此,我们回顾 30 年来两岸关系改善的经验与恶化的教训,不难认识两岸政治关系定位应该遵守三个基本原则。

首先,以两岸同属一个中国为基本框架。2000 年以来大陆官方提出"一中新三句":"世界上只有一个中国,台湾与大陆同属于中国,国家的主权和领土完整不可分割。中国目前尚未统一,双方应共同努力在一个中国的原则下平等协商共议统一。台湾的政治地位应该在一个中国的前提下讨论。"这个"新三句"的提出阐述了两岸同属一个中国的框架,尊重台湾方面要求两岸平等的意见,承认两岸尚未统一的现状,乃是大陆对台政治论述的重要突破,也是两岸政治关系定位进一步发展的新契机。

其次,务实回归两岸政治现实,吸收两岸的合理主张。20 世纪 90 年代以来两岸政治互动的经验和教训告诉我们,如果大陆强调"一中",台湾就强调"对等分治",'台独'势力甚至宣扬"一边一国"。关于"一中"和"分治"的争议,如果只愿意强调其中一点,忽略甚至刻意否认另一点,只能回到互不妥协的僵局,于和平发展大局无补。实际上,两岸政治关系和两岸经济关系一样,应该追求双赢的局面,共同创造新的国家形态。这就要求我们在定位两岸政治关系时既要坚持"一个中国"原则,又要吸收台湾"分治"主张中的合理成分。

最后,体现国家统一前的过渡阶段和动态演进的特点。两岸关系错综复杂,随着台湾内部政局变化和两岸政治经济互动而呈动态演进。近 20 年来,国民党基本实现本土化,"以台湾为主,对人民有利"作为处理两岸事务协商的基本原则,以遵守"中华民国宪法"定位两岸为对等的两个地区,互不视为外国,在此基础上主张两岸维持现状,"不统不独不武"。民进党为争取中间选民的支持,面临调整其两岸关系战略与政策的压力,但调整节奏受制于党内派系矛盾的发展。同时,2008 年以后两岸关系实现"三通",两岸经济、文化交流与合作不断走向深化和制度化,两岸民众敌意减少、理解增多,统独二元对立结构得到缓和,维护两岸关系和平发展,培植两岸共同利益成为两岸主流民意与主流政策。在此背景下,两岸政治关系随着经济、社会、文化交流而不断缓和,两岸政治互信不断增强。虽然是否进行政治协商尚无定论,但是可以预见两岸政治关系正处在动态发展的过渡阶段。这是两岸政治关系定位研究必须立足的基本出发点之一。简言之,所谓"定位"即是对两岸关系现状的定位,而现状是动态发展的,因此定位必须考虑动态性,预留发展空间。

3. 认识政府继承过程性的积极意义

认识两岸政府继承过程性和进行式,实际上就是准确认识两岸处于既不完全统一,也不完全分裂这样一种特殊的政治现实的法理内涵。在这一特殊政治现实下,如果两岸双方都只片面地强调自身利益,忽视对方合理的诉求,只会导致两岸政治关系再度紧张。例如,如果大陆单方面强调中华人民共和国政府对原中华民国政府实现完全政府继承,那么台湾方面就容易走向强调台湾"主权独立"和两岸政治对等的政治论述;或者,如果台湾当局完全否认中华人民共和国政府对"中华民国政府"的继承,那么就会为"台独"分裂思潮铺路,进而诱使两岸偏离和平发展的轨道,如果台湾方面修改《中华民国宪法》本文,就走向法律意义上的完全分裂。1999 年李登辉"特殊两国论"和 2002 年陈水扁"一边一国论"出台后,引发两岸关系紧张和台湾民众国家认同变异,就是历史教训。

另外一种情况是,如果两岸双方都能准确认识政府继承的过程性和进行式,那么就有可能打开两岸政治关系定位谈判的弹性空间。两岸如果能客观认识 1949 年以来存在不完全政府继承形式和政府继承的过程性,从理论上说,等于认识到各自还不充分代表完整的中国国家主权。这是对中国尚未完全统一的现状的法理认知。唯有如此,构建"两岸一中"和"两岸分治"的新平衡状态才有理论依据。

但是,这种认识有其适用范围,亦即在两岸政治关系定位范畴之内,不应当扩展到国际关系事务中,不应该挑战目前中华人民共和国政府在国际上代表中国国家主权的国际法理共识和政治现实。如果在"一中"与"分治"的平衡框架中,两岸可以通过协商达成某种共同代表中国国家主权的新政治共识和新操作模式,自然可运用于中国对外事务上。台湾地区参与国际组织活动的问题应该在这个政治共识基础上予以满足,但不应该单方面主张"中华民国主权"或者单方面挑战"一中原则"。

不完全继承与不充分代表主权,是实事求是地认识两岸特殊政治关系现状,务实推动两岸通过妥协与共识共同前进的新思路。这一理论思考可以和先易后难、先经后政、把握节奏、循序渐进的对台工作方针相结合,使得大陆处理对台事务的务实策略得到完整的理论解释。其目的是为两岸历史遗留的政治争议解套,推动两岸关系和平发展和两岸全面整合,为最终中国和平统一创造条件。如图所示。事实上,我们可以看到,今天两岸各种协商合作,包括经济、文化与人员交流合作,都是在这条现实道路上展开的。

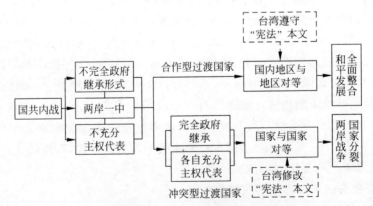

图　两岸特殊政治关系的现状与两种走向

四、总　　结

台海两岸关系源自国共内战,具有既不完全统一也不完全分裂的特殊政治现状,不同于一般国际关系和完全分裂国家之间的关系,因此国际公法上的理想型的完全政府继承理论不适用于两岸政治关系。今后我们在对台政策上要继续有效地推行"和平统一、一国两制",就必须修改简单的理想化的完全政府继承理念,立足两岸政治关系的特殊现状,探索两岸政府继承的不完全形式,准确认识两岸政府继承的过程性和进行式,创新两岸关系和平发展与和平统一的国家理论和公法解释,以此打开两岸政治关系定位的弹性空间,保证两岸特殊政治关系根据一个中国的原则,沿着最终和平统一的方向前进。

A Legal Interpretation of Special Cross-Strait Political Relations: An International Law Analysis of the Theory of "Government Continuity" and the Special Cross-Strait Legacy

Zheng Zhenqing and Wu Yongping

Abstract: Over the years, as cross-strait political relations have stalled, the current situation in cross-strait political relations and legal conduct has called for in-depth research. This article, contrasting the theory of international law and the political reality, finds that there is a government blind spot on both sides of the strait: the incomplete state left over from the civil war. This is the special state of government continuity that has evolved from the cross-strait relationship, which is obviously very different from the ideal conditions pursued by the two regimes in the past, namely, to seek complete continuity or complete non-continuity through international public law. The purpose of this article is to compare general theories of government continuity and the special reality of the two cross-strait regimes, to distinguish the basic nature of the forms of government continuity and incomplete continuity in the cross-strait regimes, and to explore the theoretical basis for the "One China" principle in cross-strait political relations.

Key Words: One China; Two Government; Legal Interpretations

充足、公平与效率：基础教育财政制度比较分析[①]

卜紫洲[*]　徐　涛[**]

摘　要：传统教育财政理论通常采用财权事权划分的视角，将教育财政体制分为中央集权、地方分权和混合等模式。本文将青木昌彦比较制度分析模型应用到基础教育财政制度，提出基础教育财政的制度目标是充足、公平和效率，基础教育[②]财政制度的共有信念系统是充足、公平和效率之间的平衡，基础教育财政制度的多样和变迁源于对充足、公平和效率的共有信念的多样和变迁。我国的基础教育财政的政策目标应当是优先解决充足问题，逐步实现地区公平和财政效率。当前我国基础教育财政的主要负责主体是县级政府，下一步应当在此基础上进一步明确和细化各级政府的责任，完善省以下分税制度和转移支付制度。因此，基础教育财政核心制度安排应当重点加强三个方面：提高县级政府对上级财力依赖的转移支付体系；完善多级政府共同参与的治理体系；规范科学的财政管理体系。

关键词：充足　公平　效率　比较制度分析

一、引　言

教育财政是政府、学者和公众关注的重点。由于经济增长和国际竞争越来越依赖知识和人才，世界各国对教育的产品——人才的需求日益增长。在法国、德国、美国、日本等发达国家，经过一两百年的发展，基础教育管理和财政体系已经成型，教育支出

　＊　清华大学公共管理学院。通信地址：清华大学公共管理学院，100084。电话：13693531926。E-mail：bzz05@mails.tsinghua.edu.cn。

　＊＊　清华大学公共管理学院。通信地址：清华大学公共管理学院，100084。

　①　本文得到清华大学产业发展与环境治理研究中心的资助，在此表示感谢。

　②　基础教育一般指高等教育以前的教育，主要是对幼儿和青少年进行必要的教育，使他们成长为合格的公民和劳动者。基础教育既包括义务教育范围内的小学和初中教育，也包括可能还在义务教育范围之外的幼儿教育、高中教育以及特殊教育。

也保持在较高水平,基本实现了人才培养和人力资本积累目标。

基础教育是基本公共服务的主要部分,也是财政需要优先保障的领域。多年来各国不断地进行探索和改革,以求更大程度地实现充足、公平、有效的教育财政目标。但是教育的支出需求很大,给政府和公众都带来巨大的财政压力。尤其自 2007—2008 年美国金融危机以来,财政和债务危机此起彼伏,许多国家的公共财政面临削减开支的压力,教育支出也由于规模巨大成为政府试图削减的对象。

虽然大部分国家都建立了基础教育财政体系,然而各国教育支出和分配制度之间的差异却是巨大的。栗玉香等学者以中央政府对地方政府的行政领导和财政管理的紧密程度为标准进行划分,将基础教育财政体制分为分权型、集权型和结合型三种类型[①]。美国是分权型基础教育财政制度的代表,这种制度有利于调动地方政府的积极性,保证教育支出效果具有适应性和灵活性;但是这种制度也可能导致某些时期一些地方负担过重,地区之间的公平难以保障。法国是集权型基础教育财政制度的代表,这种制度有利于全国统一规划、分配和使用教育资源,保证教育支出效果具有充足性和公平性;但是不利于调动各个地方的积极性,容易产生财政效率损失。英国是结合型基础教育财政制度的代表,这种制度将分权和集权的制度进行适当的结合,可以兼顾两者的优点,但同时也容易在各级政府之间产生博弈和推诿。

长期以来,改革一直是世界各国基础教育财政的共同主题,其中财政分权和转移支付则是基础教育财政制度改革的热点。自 20 世纪 80 年代以来,分权化改革在世界范围内逐渐兴起。分权的目标在于克服公共部门的低效率和官僚僵化,贴近服务对象的需求,通过增强公共部门的责任性改善对公共服务的治理,更好地实现公共服务的充足、公平和效率。

财政分权是分权化改革的最常见的一种形式。Cheema 和 Rondinelli 将分权化改革分为政治分权、财政分权和行政分权三类,其中财政分权是给地方政府和公共服务部门更大的财政自主权(更大的收入或/和支出自主权),表现为中央支配的支出份额下降,地方支出份额上升[②]。

财政分权改革通常会强化转移支付制度。在财政分权的过程中,中央政府也许并不愿意扩大地方的税基或者对分税制度进行调整,而更愿意采用转移支付的方式补充财力。Oates 指出,中央政府向地方政府提供转移支付出于三个方面的动机:在控制地方税收的前提下,中央政府通过转移支付增强地方政府公共服务和投资能力;在存在外部性的领域,地方政府提供的公共产品低于社会需求,中央通过补贴予以纠正;在各地财政收入差异的条件下,中央政府通过资源的再分配实现公共服务财力均等化。[③]

---

① 栗玉香. 教育财政学. 北京:经济科学出版社,2009:237-256.

② G S Cheema and D A Rondinelli. From Government Decentralization to Decentralized Governance// in G S Cheema and D A Rondinelli eds. Decentralizing Governance. Washington,DC:Bookings Institution Press,2007:pp. 1-20.

③ W E Oates. The Effects of Property Taxes and Local Public Spending on Property Values:An Empirical Study of Tax Capitalization and the Tiebout Hypothesis. Journal of Political Economy,1969,77(6):pp. 957-71.

    世界各国存在多种多样的制度,在制度的规制之下进行着多种多样的经济社会活动,也在充足、公平和效率等方面产生了多种多样的效果,制度的重要性已经为学者们所关注。那么别国的制度可以被学习和复制到本国吗? 在博弈的视角下,North 认为不仅正式的法律、产权、合同构成规则,而且非正式的规范和习俗也构成规则,这些规则共同构成制度,并成为博弈的规则。如果本国的非正式规则不能与外来的正式规则协调,那么别国的制度可能完全丧失效果。① 因此,研究各种制度之间的异同和具体做法还不能给我们的改革带来可行的政策启示,还需要进一步研究制度中的非正式规则。

    鉴于此,本文将青木昌彦的制度模型应用到基础教育财政制度上,对法、德、美、日等主要的发达国家和中国的基础教育财政制度变迁进行分析,认为:①我国的基础教育财政的政策目标应当是优先解决充足问题,逐步实现地区公平和财政效率。②当前我国基础教育财政的主要负责主体是县级政府,下一步应当在此基础上进一步明确和细化各级政府的责任,完善省以下分税制度和转移支付制度。③核心制度安排应当重点加强三个方面,即提高县级政府对上级财力依赖的转移支付体系,完善多级政府共同参与的治理体系和规范科学的财政管理体系。

二、青木昌彦制度模型与基础教育财政制度

    比较制度分析(Comparative Institutional Analysis)是由青木昌彦等人创造和发展出来的,试图在一个统一的博弈论框架下,分析技术进步、环境变化、政治因素、法律条文、创新实验和文化遗产等方面对制度形成和变迁的作用,而不是简单停留在对制度进行随意的分类。青木昌彦假定在主观博弈模型(subjective game models)中,当参与人行动决策在各个时期相互一致(均衡化)时,他们的信念被证实并作为未来行动决策的指南而不断再生,因此制度被定义为参与人对于博弈实际进行方式的共有信念(shared beliefs),是内生的。博弈的均衡并不意味着单一和一成不变的均衡,博弈模型可能存在多重均衡解,均衡的选择,转化和锁定将高度依赖于模型的设定。制度变迁过程是参与人协同修正其信念的过程,当主观博弈模型所导致的行动决策未能产生预期的结果,一种普遍的认知危机便会随之出现,并引发人们寻找新的主观模型,直到新均衡出现为止。② 以下本文将探讨基础教育财政制度的共有信念、均衡和变迁。

(一)关于充足、公平和效率的共有信念

    在青木昌彦制度模型中,信念、策略、均衡和信息浓缩是比较制度分析博弈模型中的四个关键概念,经过制约、共同构建、证实和协调四个阶段实现共有信念形成、维护和改变。

    (1)青木昌彦制度模型的信念是参与人对于以往博弈规则和其他参与人的博弈

---

①   D C North. A Transaction Cost Theory of Politics. Journal of Theoretical Politics,1990. 2(4):355-367.

②   青木昌彦. 比较制度分析. 上海:上海远东出版社,2001.

行为的主观认识。对于本文研究的基础教育财政制度,信念是作为参与人的一般公众对于基础教育服务提供方式和费用分担模式的认识,例如教育服务是由公立机构还是私立机构提供,是全国统一还是各地分别设立学校、制定标准和维持运营,是政府财政还是私人负担教育费用,社会对于现有制度是否认同。参与人的信念制约其博弈策略。

（2）青木昌彦制度模型的策略是参与人在信念的制约之下形成的自己的博弈行为规则。对于本文研究的基础教育财政制度,策略是参与人在对基础教育财政的信念之下形成的行动规则,可能普遍接受政府对教育财政进行计划和运营的现实,也可能由个人和团体提出制度、税收、支出等要求,还可能通过"用脚投票"的方式选择新的学校和教育方式。参与人各自的策略共同构建博弈的均衡。

（3）青木昌彦制度模型的均衡是所有参与人在各自的策略下共同博弈产生的结果。当参与人的信念与其策略一致时,这种状态就是纳什均衡,参与人对别人行动的信念是可维持的,偏离自己的策略是不合算的。对于本文研究的基础教育财政制度,均衡是所有参与人在各自的策略下共同作用产生的结果,基础教育财政的收入和支出得以进行,参与人得到相应的教育服务。博弈的均衡将通过证实的形式,加强或削弱参与人对于制度的信息浓缩。

（4）青木昌彦制度模型的信息浓缩是博弈均衡信息和显著特征的总结和概要。每个参与人基于个人经验对博弈进行的方式形成了一个大致的认识,参与人不可能,也不需要了解别人行动决策规则的全部细节,但需要知道所有参与人在行动决策时可能采用的规则的一些显著特征（这被称为信息浓缩或概要表征）。唯有信息浓缩稳定下来,并能不断再生的时候,特定参与人自己的行动规则才能趋于稳定,成为有用的博弈指南。对于本文研究的基础教育财政制度,信息浓缩是参与人对于自己和其他人所承担的费用和享受的服务等信息进行浓缩,对于教育财政的充足、公平和效率进行总结。新的信息浓缩将协调参与人对于基础教育财政制度的信念,并影响以后的博弈。

青木昌彦制度模型的共有信念是参与人认同的博弈规则和博弈均衡,制度能够形成和维持的关键在于共有信念的协调和维持。制度的稳定性源于共有信念对环境变化的适应性和多种制度之间的关联性。首先,参与人的共有信念系统是制度的基础,制度和参与人之间存在反馈和调整机制,制度能够与参与人的信念进行协调,修正博弈过程中的问题,实现制度的稳

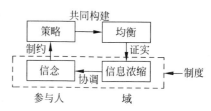

图1 青木昌彦模型中制度的
自我维持机制

定性。其次,多种制度的关联形成一整套的社会制度体系,各种制度之间存在统一和协调,制度创新会受到其他相关制度的制约和抑制,使得制度的变化难以进行。

青木昌彦制度模型对于认知危机和新制度的形成都有所阐释,本文对这两方面进行了改进,重构了制度认知危机和新制度形成的两种机制,以图2和图3的形式进行更为清晰地描述。

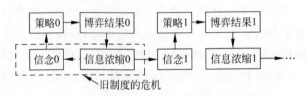

图 2　制度认知危机的机制

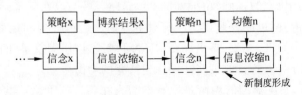

图 3　新制度的形成机制

旧制度的危机关键在于共有信念的不能得到协调和维持。制度的形成和维持依赖于社会中参与人的博弈能够持续进行,但是制度的稳定性也是有限的,制约、共同构建、证实和协调的循环过程可能会偏离原有制度的路径。在信息浓缩产生越来越大的变异的时候,参与人的信念逐渐改变,参与人的策略也随之改变,博弈开始不断探索新的均衡。

在旧制度的认知危机发生之后,社会中的参与人不断进行信念、策略、均衡和信息浓缩的变化和调整,各种社会主张不断涌现并相互竞争,各种改革、试验不断进行,但是由于还没有形成稳定的共有信念,新制度也没有形成和确立。

随着博弈过程的演进,新的稳定的均衡开始形成。参与人的信念和策略开始逐渐收敛,均衡的稳定性逐渐加强,被博弈均衡所证实的信息浓缩开始重新实现对参与人信念的有效协调,新的共有信念开始发挥作用,新的制度开始形成。

在基础教育财政制度中,共有信念系统是围绕充足、公平和效率三个目标展开的,是三者之间的一种平衡。基础教育的财政支出是财政管理的问题,是一个筹集政府财政收入并按照预算支出和转移支付安排到教育部门的过程,首先是根据分税制和国家预算的安排筹措各项税收和非税收入;然后根据各级政府责任划分,中央、省级、市级、县级政府分别安排教育支出和转移支付,为教育部门提供人员工资、基建支出和公用经费。在这个过程中,所有的环节都需要问用多少、给谁用和怎么用三个问题,社会公众作为基础教育最终的负担者和受益人始终关心自己的付出和收益,关心制度的充足、公平和效益。

(二)基础教育财政制度的多样性

青木昌彦制度模型中,制度的多样性源于共有信念的多样性。首先,制度涉及参与人的共有信念和在博弈中的得失情况,这些都完全依赖于制度的外部社会环境,受到历史传统、社会规范等因素的影响。其次,同样的博弈过程也可能存在多个均衡解,社会到底会选择和维持哪个解是不确定的,共有信念同样受到历史和社会因素的影响。

各国基础教育财政制度的共有信念很大程度上受本国行政传统的影响。基础教育财政是政府财政体系的一部分,与政府的组成结构有很大的关系。在现代国家结构上,绝大部分国家采用单一制或者联邦制,拥有一个中央政府或者联邦政府,同时拥有大量的中央政府以下的政府机关或机构。一方面按照行政区划建立或选举各级地方政府;另一方面中央政府也可以直接向全国或部分地区派出工作机关负责某些方面(如税务、教育)的工作。地方政府同时也存在多个层级,一般又分为地方政府(local government),如市、镇、县、学区、特区政府;区域政府(regional government),如省、大区、州政府。

由于历史和政治经济条件,许多国家曾经建立过单级政府负责的基础教育行政—财政体制。单级政府负责,是指由单一层级的政府主要负责基础教育体系的行政管理、经费筹措和财政支出,其他层级的政府在法律职责和现实运行中不承担责任。单级负责的基础教育财政体系按负责的政府层级可以分为三种:中央政府负责、区域政府负责和地方政府负责。

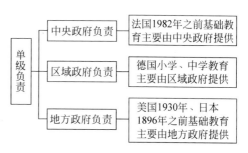

图 4 历史上曾经存在的单级负责 教育财政体制

历史条件和路径依赖是单级负责的基础教育财政体制形成的必要条件。从法国、德国、美国及日本的发展历史看,政治传统和行政体系在很大程度上影响社会中参与人对基础教育财政制度的共有信念,促进了单级负责的基础教育财政体制的形成。基础教育作为重要的公共事务,必定成为政治势力争夺的战场,主导的政治派别必然给国家的基础教育财政体系打上自己的标记。

(三) 基础教育财政制度的变化性

青木昌彦制度模型中,制度的变化性源于社会发展和制度创新。虽然制度存在稳定性的一面,但是随着经济社会的发展,制度的博弈均衡越来越脆弱,共有信念的认知危机越来越严重。制度变迁是从一种均衡到另一种均衡的移动过程,是参与人的共同信念发生系统性变化的结果。制度变迁是内外两个方面的因素积累到一定阶段的产物,外部因素包括技术创新、战争等环境变化,内部因素包括充足、公平和效率缺乏引发的质疑和变异。

制度维持需要不断对共有信念进行证实和加强,在基础教育财政制度中,参与人的共有信念是制度对于充足、公平和效率目标的实现和平衡。在各国最初单级负责的教育财政体系中,责任划分清晰,教育管理和支出责任由某一特定政府承担,有利于立法机构和公众的监督。但是单级负责的体制缺乏不同层级政府之间的配合,在充足、公平和效率等方面各有得失。

　　具体到特定国家的历史、政治、社会、经济的特定情况，可能会产生不同的平衡。三种单级负责的教育体制之间从理论上并不存在绝对的优势或者劣势，只是在效率和公平两方面的平衡上有所差异，并且随着社会的发展，在特定的历史时期，同一个国家也可能在不同的模式之间变化。

　　（1）地方主导模式通常被认为是最有效率的一种模式，因为地方政府离纳税者最近，社区居民可以直接选举学区董事会或其他管理机构，并近距离地监督学校，提出自己的要求和意见。但是由于各个地区财富的差异性，财产税等主体教育税种在地区之间的差异很大，这种模式会导致地区之间教育的不公平。一些地区税基较小，地方财政资源有限，无法保障最低限度教育标准的支出。出于公平的考虑，由区域性政府（省、州、大区和都道府县等）或者中央政府对这些地区进行外部财政资源的补充是非常必要的。对于 1930 年之前的美国和 1896 年之前的日本，基础教育财政的公平问题已经引发原有制度的认知危机，区域性政府进行财政干预和资源投入成为制度变化的主要方向。

　　（2）区域或中央层级负责基础教育便于制定统一的教育目标和教学标准，统一筹集和配置教育资源，实现较大区域范围内的财政充足和横向公平。但是区域或中央主导的劣势在于两个方面：①区域或中央政府无法充分了解各个地区的需求差异，不利于实现纵向公平；②容易形成教育体系的科层化，不利于形成地区竞争的局面，无法利用"用脚投票"的机制纠正资源配置的扭曲和体系内效率的损失。对于 20 世纪七八十年代的法国和德国，基础教育财政的效率问题引发原有制度的认知危机，削弱官僚体制、提高运行效率的呼声很高，分权化改革成为制度变化的方向。

（四）作为共有信念系统的财政分权和转移支付

　　在现代大国中，继续采用单层负责的教育财政体制的情况已经不多见了。不同层级政府之间进行分工和配合是常态，并且分工配合的形式呈现出多样性。目前法国、德国、美国、日本等国的教育财政体系都是同时涉及地方、区域和中央三个层次，按学校分级分类负责。

表 1　2007 年各国教育公共支出*　　　　　　　　　　%

	基础教育占总公共支出的比例	基础教育占GDP 的比例	全部教育占总公共支出的比例	全部教育占GDP 的比例
法国	7.1	3.7	10.7	5.6
德国	6.6	2.9	10.3	4.5
日本**	6.8	2.5	9.4	3.4
美国	9.9	3.7	14.1	5.3
中国***	14.3	2.8	16.3	3.3

　　数据来源：Education at a Glance 2010：OECD Indicators，中国统计年鉴，北京：中国统计出版社，2008。

　　* 公共支出还包括对居民生活成本的财政补助（如奖助学金和助学贷款）；** 日本将中学后的非高等教育归入高等教育一起统计；*** 中国基础教育支出根据《中国统计年鉴》计算得来。

表 2　　2007 年各国基础教育公共支出在公私教育机构之间的分配　　%

	公立教育机构接受的公共支出	私立教育机构接受的公共支出
法国	84.5	15.5
德国	80.3	19.7
日本	96.4	3.6
美国	99.8	0.2
中国	99.7	0.3

数据来源：Education at a Glance 2010：OECD Indicators，中国教育经费统计年鉴，北京：中国统计出版社，2008。

表 3　　2007 年多级政府负担的基础教育公共支出　　%

	初始基础教育公共支出（转移支付前）			最终基础教育公共支出（转移支付后）		
	中央	区域	地方	中央	区域	地方
法国	69.5	15.1	15.4	68.1	16.5	15.4
德国	10.1	72.3	17.6	8.5	68.7	22.8
日本	15.4	67.2	17.4	0.7	81.9	17.4
美国	9.0	40.3	50.7	0.4	1.0	98.6
中国	—	—	—	3.9	96.1	

数据来源：OECD：Education at a Glance 2010：OECD Indicators，中国教育经费统计年鉴，北京：中国统计出版社，2008。

　　转移支付是政府之间的财政资金转移行为，为了在实现税收效率的同时实现收入和支出的匹配，转移支付制度应运而生。转移支付在许多国家有很广泛的应用，也有很多不同种类。

　　如果转移支付只能用于特定的用途，就被称为专项转移支付；如果转移支付支出方不限定资金用途，则被称为一般性转移支付。如果有法律或法规确定转移支付支出方有义务进行特定数量和性质的转移支付，就被称为法定转移支付；如果转移支付支出方完全按照自己的政策需要对转移支付的分配相机抉择，则被称为自由转移支付。如果转移支付支出方对资金的使用效果设定了标准并进行考核，以决定下一期的转移支付数量，这种转移支付被称为限定效果转移支付；如果对资金使用效果是否达标不作限制，则是非限定效果转移支付。如果转移支付支出方对收入方有配套资金的要求，被称为配套转移支付；否则被称为非配套转移支付。按照转移支付支出项目的性质，又可以分为资本性转移支付和经常性转移支付。

　　总之，可以对转移支付的支出方和收入方进行法律、法规和绩效考核上的限制，以实现特定的政策目标。教育支出是转移支付的重点，这些种类的转移支付都有使用。

　　转移支付的规模与财政体制中各级政府收入（财权）和支出（事责）的设定有很大关系。在一个正常运转、效果良好的财政体系中，自有收入和本级支出的匹配程度越高，转移支付的需求越小；反之亦然。因此，转移支付是一种主导财权的政府向主导事责的政府进行财政资源再分配的过程。如果主导财权的政府和主导事责的政府是一级政府,转移支付的规模就小;如果主导财权的政府和主导事责的政府不是一级政府,则需要大规模的转移支付以保障公共服务的正常提供。

表4　2007年各国基础教育支出的主导政府层级和转移支付规模　　　　%

	初始支出	转移支付方向	转移支付规模*	最终支出
法国	中央主导	中央—区域	1.4	中央主导
德国	区域主导	中央、区域—地方	5.2	区域主导
日本	区域主导	中央—区域	14.7	区域主导
美国	地方—区域主导	中央、区域—地方	47.9	地方主导

*转移支付占基础教育财政支出规模的比例。

数据来源:Education at a Glance 2010:OECD Indicators。

三、基础教育财政制度变迁的国际比较

基础教育财政制度受各国历史上政治条件、行政体制影响,形成了多种多样的共有信念系统,对充足、公平和效率等方面各有侧重。随着经济社会的发展,基础教育财政中财政支出压力、资金效率低下、教育效果不高等问题越来越严重,推动各国在立法、司法、行政中对现有制度进行调整。不管是统一的中央集权模式,还是分散的区域分权和地方分权模式,原有的共有信念系统都面临挑战和改变。财政分权和转移支付制度已经在多个国家得到实践,多级政府共同治理成为各国制度的共同特点,各级政府分级分类负责教育标准、收入筹集、转移支付和支出项目,从而更多地实现规模经济、区域公平和资金效率。

(一)法国:中央向地方分权

1. 制度的形成:法国中央集权的教育财政制度

法国现代中央集权的行政体系起源于大革命和拿破仑一世时期,中央集中管理的国民教育体系也随之逐步建立,逐渐形成中央政府负责的教育财政体系。包括基础教育在内的教育都由中央教育部门、分支机构和派出机构统一管理,中央政府是基础教育的主要提供者和财政负责人。法国的基础教育财政制度与其中央集权的行政体制息息相关,其背后的共有信念是对有保障的基础教育和对统一的教育机构。

在法国基础教育财政的制度博弈中,社会对中央集权基础教育财政体制的信任是逐渐加深的。在这一制度下,法国基础教育财政的充足性和公平性得到发展和保障。参与人的信念和策略逐渐收敛到由中央财政实现基础教育的充足和公平,这一均衡的稳定性被社会的发展所证实和加强,实现了对参与人信念的有效协调。

2. 制度的变化:法国的分权改革

旧制度的危机关键在于共有信念不能得到协调和维持。随着社会的发展,官僚化的公共服务体系给社会和公众带来了巨大的成本负担,共有信念系统中对统一教育机构的信任开始变化,制约、共同构建、证实和协调的循环过程越来越偏离原有制度的路径,社会开始谋求分权和效率。

　　法国自 1982 年以来开始进行分权化改革,中央政府开始向地方政府转移一部分权力和责任,改变了中央政府和地方政府的责任划分。中央政府仍然保留了重要的地位,仍然是教育合理运行保证者,控制着教学框架和课程的设计,保留了对公立学校教师聘任、培训和管理的权力。即使是私立学校,中央政府也拥有教师培训和管理的权力,同时也承担私立学校的运营费用。地方政府则按照层级分别拥有特定的职责：市负责小学(school),省(département)负责初中(collèges),大区(region)负责高中(lycées)。

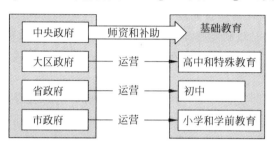

图 5　法国的教育财政治理结构

3．财政支出、分类管理和转移支付制度

　　法国教育领域的财权和事责都由中央政府主导,因此法国教育领域转移支付的规模较小,仅占全国教育财政支出的 1.4%,并且主要是中央政府给区域政府的转移支付。

　　分权改革降低了学校的统一性,但是教师和财力的统一性仍得到保留。目前法国超过 80% 的国民教育支出由中央政府提供。国家设立教育部长及教育部长的代表,其职责包括对创建和运营小学、初中、高中所需的资源进行分配,对教师进行训练、派驻和发放薪俸,以及计算机、专业电子器材等教学设备支出。法国的大区政府自 2004 年以来被授权通过新建、重建,从市政府和省政府等手中接管公立高中、特殊教育机构和海事职业学校。其职责包括高中的建设、重建、扩建、大修、设备和运营,同时还负责非教学人员的聘任和管理。法国的省政府自 2004 年以来,一方面直接获得原属国家的初中;另一方面通过协议获得原属市政府的初中。其职责包括初中的建设、重建、扩建、大修、设备和运营,同时也负责非教学人员的聘任和管理。市政府负责管理其行政区域内的学前教育和小学,其职责包括小学和幼儿园的建设、重建、扩建、大修、设备和运营。

　　法国实行严格的支出分类管理。法国中央政府教育部门负责对全国各级学校的教师进行训练、派驻和发放薪俸,区域和地方政府无法干预教师的管理。区域政府和地方政府负责各自管理学校的非教学人员工资和其他费用。由于法国是由过去中央集权的教育体制分权化改革而来,中央政府对区域和地方政府管理学校的建设、运营等方面的支出还有较大程度的补贴和转移支付。

　　综上,法国的基础教育财政制度的共有信念系统经历了以下转变：①充足和公平的基础教育财政制度是共有信念系统的起点和重点,中央政府是基础教育公共服务和

财政支出的主要承担者;②基础教育财政的负担促使社会公众寻求更有效率的基础
教育提供方式,为了满足居民对效率性和多样性的需求,基础教育随着行政体系一起
进行了分权化改革,各级地方政府可以分担一些学校的建设和运营职能;③基础教育
实行严格的支出分类管理,对教师、非教学人员、建设和运营开支实行分级负担和转移
支付制度。

(二)德国:坚持以州为核心,扩大学校自主权

1. 以州为核心的教育财政制度

德国的基础教育财政制度起源于以州为核心的行政—财政体制,其背后的共有信
念是各州是基础教育财政的核心。在这一制度下,德国基础教育财政的充足性和公平
性得到了发展和保障。

德国联邦与州之间的权力划分传统深深地影响了基础教育财政制度博弈的基本
格局。德国自中世纪以来邦国林立,直到1871年威廉一世就任德意志帝国皇帝才基
本完成统一,但是各州相对于中央政府仍然拥有很大的政治势力和自治权力。以后虽
然经历了两次世界大战的战败和两德分立的历史变迁,州(Länder)仍然拥有大量的立
法权力和行政职能。即使在目前的德意志联邦共和国,联邦的教育职能仍局限于一部
分的高等教育、继续教育,州政府才是基础教育的主要提供者和财政负责人。

德国教育系统的公共财政安排是政治和行政系统决策过程的结果,从而使各种形
式的公共支出根据教育政策和目标的要求在各级政府之间得到合理分担。德国的行
政层级分为三个层次:联邦、州和地方政府(Kommunen,例如区、区级的市或区内的
市)。所有三个层次的政府都参与教育财政支出,但超过90%的公共开支是由州和地
方当局提供的。州政府负责的基础教育财政制度均衡被证实和加强,制度开始形成和
稳定下来。

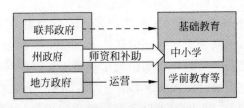

图6 德国的教育财政治理结构

随着社会的发展,德国的教育制度也开始更多地关注灵活性和效率,共有信念系
统在社会博弈中开始变化。德国在基础教育领域开始谋求现代化和进一步的发展,目
的是实现资源更有效果和效率的利用,这个过程的目的首先是消除对资金使用的严格
监管以扩大学校的财政自主权,近年来对学校法例的修订增加了学校自己管理预算资
金的可能性。

2. 财政支出、分类管理和转移支付制度

德国教育的财权和事责都是由州政府主导,因此教育领域转移支付的规模较小,
仅占全国教育财政支出的5.2%,并且主要是中央政府和区域政府对地方政府的转移

支付。

目前德国公共财政资助的教育基于以下安排：大多数教育机构由政府资助，他们所需的大部分资金通过公共预算获得直接拨款；某些接受教育的群体得到国家的财政援助，以维持他们的生活和学习。公立学校是免费的。公立学校系统由州和地方政府共同资助，学校系统公共开支的18％由地方政府负担，81％由各州政府负担。私立学校也可以得到一些来自州政府各种形式的财政支持，用以维持标准的师资和材料开支。州政府或者根据统计数据和学校类型给予一揽子资助，或者按比例进行补助。

学前教育并不属于德国国家学校体系，通常来讲，幼儿园并不是免费的，会根据家长的财务状况和孩子数量等因素收取费用。公立幼儿园由地方政府资助，并通过地方政府资金、州政府资金（用于人员和材料开支）和向家长收费维持运营。私立幼儿园由教堂和家长互助会资助，同时也通过地方政府资金、州资金（用于人员和材料开支）和向家长收费维持运营。州政府也可能提供补贴，用于投资、人员和材料开支等。

表 5 2005 年德国三级政府公共支出分担比例 %

分 类	联邦	州	地方
学前教育和校外教育	1.3	38.4	60.3
学校	1.3	80.6	18.1
高等教育	10.0	90.0	—
继续教育	23.9	61.6	14.5
辅助计划	29.6	36.8	33.6
总计	4.9	74.3	20.8

数据来源：EU：Organization of the education system in Germany，2008。

德国有比较清晰的支出分类管理框架。德国的公立学校财政支出中，州教育和文化事务部负责教学人员的工资，地方政府承担非教学人员和材料成本。为了平衡地方当局和州的学校开支，地方当局有些费用（如运送学生往返学校）可以得到州预算的补偿（通常是州的教育和文化部）。州还可以通过一次性补助帮助地方政府资助学校建设和补贴运营费用。如果学校的招生区域超过地方政府范围，州政府可以成为这类学校的资助主体，并负责材料开支和非教学人员工资。私立学校也可以得到一些来自州政府各种形式的财政支持，用以维持标准的师资和材料开支，州政府或者根据统计数据和学校类型给予一揽子资助，或者按比例进行补助。

综上，德国的基础教育财政制度的共有信念系统有以下特点：①州政府是基础教育基本公共服务的主要承担者，地方政府也可以分担一些基础教育职能；②建立了比较清晰的基础教育支出分类管理框架，建立了以州政府为核心的转移支付制度体系；③扩大学校的财政自主权，实现资源更有效果和效率的利用。

（三）美国：坚持地方负责，强化州级统筹

1. 从分散到统筹的美国教育财政制度

美国的基础教育财政制度源自分权化的行政—财政体制，其背后的共有信念是对

联邦和州政府教育权力实行严格的限制和监管,重视教育财政的充足和效率。

美国基础教育财政制度博弈的基本格局是殖民地时期以来的地方自治传统。在美国,以地方政府为主的教育财政体系起源于殖民地时期,在 20 世纪 30 年代大萧条之前,美国超过 75％的 K-12 教育(从幼儿园到十二年级)支出来源于地方政府(学区、县、市)的征税,主要税种是针对土地和住宅等不动产的财产税,保证了学区财政的充足性。在地方政府主导的时代,每个地区自主决定他们的教育支出水平,同时也没有来自州或联邦的补助。美国专业化的学区制度提供了明显的竞争环境,居民很容易通过"用脚投票"的方式选择自己满意的学区,促使各个学区提高自身的财政效率。学区政府负责的基础教育财政制度均衡被证实和加强,制度开始形成和稳定下来。

制度的第一次变革。学区负责的基础教育财政的第一个现实问题是在偏远地区和农村地区教育财政的税基并不充足,随着困难学区问题的发展,公众开始认识到学区制教育财政存在公平的问题,开始逐步认同州政府的财政统筹作用。根据美国宪法,教育没有划归到联邦政府的权力责任范围,州政府名义上是教育的负责者,但实际上在 20 世纪 30 年代之前很少介入教育事务,完全放权给地方政府。由于各地区税基的不同,地方税收入对本地教育的支持能力也不同,因此跨地区的教育支出差异很大。从 20 世纪 30 年代早期开始,州和联邦在教育支出中的份额迅速上升,在 20 世纪 50 年代至 70 年代早期,州政府的支出份额已经达到 40％。

制度的第二次变革。到 20 世纪 70 年代,教育投入公平性成为各州高级法院对州宪法的争论焦点,这促使各州政府开始第二轮教育支出增加进程,到 1979 年州政府的教育支出份额第一次超过地方政府。目前已有 30 多个州承担较重的教育支出责任,年均投入甚至占各州年均预算支出的一半以上。相应的,地方政府自有收入用于教育支出占全部教育支出的份额已经下降到 50％以下。联邦政府早期教育投入非常有限,20 世纪 60 年代的 Head Start 和 Title I 等项目及 70 年代的农业部免费午餐项目开展以来,才开始逐渐增加联邦教育支出。但是这些支出对于教育项目和课程而言只是纯粹补助性的,而不是强制性的。2001 年的 No Child Left Behind Act(NCLBA)使联邦政府介入教师和工资和指导中来,联邦资金投入开始对测试成绩有要求,并对预期效果设置相应的激励和惩罚。

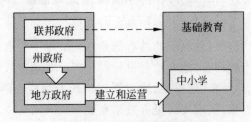

图 7　美国的教育财政治理结构

美国长期以来具有很深的地方自治、市场主导和分权的公共管理传统。教育通常被认为是州政府的责任,并且教育的执行绝大部分又被州政府下放给地方政府承担。美国社会对联邦政府在教育中的作用还存在迟疑,虽然联邦资金有助于增加教育支出的充足度,但是也会对州政府和地方政府的行为产生干预和扭曲,从而影响地方的教育自治。这一点在最近几年各州和地方财政困难的条件下更是被广泛的讨论。

2. 分类支出管理和转移支付制度

美国不存在清晰的支出分类管理体系。教育财政的支出项目由地方政府接受中央政府和区域政府的转移支付后统一安排,基本没有多级政府的分工负责。美国的公立学校绝大部分由学区和其他地方政府负责,学区的委员会全权负责辖区内学校的财政管理和行政管理,联邦和州会有一些特定用途的补助,但是教师工资、设备材料、基础设施和运营支出绝大部分由学区具体管理。

相比于法、德、日三国,美国转移支付情况有很大的不同。一方面,虽然美国地方政府(学区)长期以来财政压力越来越大,但是到目前为止还是主要由地方政府承担教育事责。但是地方政府只是州政府的下属机构,法律规定州政府才是教育的责任主体,地方政府的教育职能实际上是州政府教育职能的下放,并将财产税的征收权力下放给地方政府作为教育责任的配套保障。在财产税模式矛盾日趋激化的背景下,州政府的介入已经成为趋势。另一方面,美国社会对联邦和州的权力向下扩张一直抱有抵触情绪,即使不得不借助联邦和州的财政资助,削弱地方政府的教育责任还远远没有取得共识。因此,美国的财权和事责的不匹配程度远远超过法、德、日等国,转移支付规模占全国教育财政支出的 47.9%,主要是州政府和联邦政府对地方政府的转移支付。

综上,美国的基础教育财政制度的共有信念系统有以下特点：①地方政府是基础教育基本公共服务的主要承担者,尽可能限制政府的权力,用财产税和"用脚投票"保障教育财政的充足和效率；②社会各界对于各州宪法规定的教育公平和充足进行越来越多的争论,州政府在转移支付体系中发挥越来越大的作用；③联邦政府开始尝试介入教育财政,但是仍然受到很大的质疑。

（四）日本：增加地方自主权

1. 中央、区域和地方三级政府共同参与的教育财政制度

日本的基础教育财政制度最初以地方为主,由政府财政保障教育财政的充足。日本的现代教育最早起源于幕府末期日本向西方国家开埠,从那时起日本开始接受西方教育的影响。随着明治天皇掌权和削藩的成功,日本建立了单一制国家体系下的都道府县一级区域政府,并建立了统一的国民教育体系。最初的基础教育费用主要由市区町村一级的地方政府负担。

"二战"以后的经济发展和政治体制从根本上改变了日本基础教育财政制度博弈的基本格局,充足性和公平性得以加强。在经历了长期的发展、战争和美国的占领之后,日本在 20 世纪 50 年代开始更新教育财政体系,加大了中央政府和都道府县等区域政府的财力干预,进一步保障了充足性,并且提高了公平性。为了减少地方财政困

难和地方支出波动的影响,日本先后通过《义务教育国库负担法》建立中央政府财政负担部分义务教育教师工资机制,通过《公立义务教育学校教职员人员编制和班级组织标准法》逐步实现标准的班级规模和师生比,通过《理科教育振兴法》、《学校图书馆法》、《教科书法》、《学校给食法》、《学校保健法》、《学校安全法》确定中央政府对图书、科研和教学设施、饮食、体育、保健、灾害防护的负担和补贴,通过《偏僻地区教育振兴法》、《盲、聋及残疾人学校就学奖励法》保障教育在区域和人群中普遍公平。

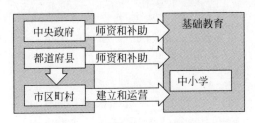

图 8　日本的教育财政治理结构

2004 年以来,日本开始新的分权化改革,增加都道府县的责任,扩大地方政府和学校的自主权,提高教育财政的效率和多样性。新改革中,市区町村和学校拥有更多的自由裁量空间,将人员编制和班级组织的权限下放给地方政府,中央政府更多地负责课程设计、教师培训、资金保障、教育评估等基础性工作。新的体制继续保持中央和地方共同负责的公共义务教育财政体系,但是中央政府的份额有所下降,都道府县的份额有所上升。从 2003 年到 2008 年,从日本三级政府教育支出份额看,都道府县一级的区域政府支出占全部教育支出的比重从 46% 上升到 52%,市区町村一级的地方政府从 32% 下降到 31%,中央政府从 17% 下降到 12%。

2. 财政支出、分类管理和转移支付制度

日本的义务教育以政府支出为主,家庭的税收支出负担大约只是公共教育支出的 20%。大多数小学、初中、特殊学校由地方政府开办,但是法律规定中央政府与地方政府共同分担义务教育支出。

日本中央政府的文部省(文部科学省)负责教育框架、目标和标准的制定及实施,保证均等的教育机会、优良的教学水平、免费的教育服务。各都道府县的教育委员会负责区域内的调整和协调,市区町村的教育委员会负责义务教育的具体实施。

表 6　2003 年日本中央和地方教育支出分担比例　　　　　　%

分　类	中央政府	地方政府
学前教育	2.9	97.1
义务教育	26.9	73.1
高中教育	0.8	99.2
高等教育	85.6	14.4
教育行政	59.1	40.9
总计	33.1	66.9

数据来源:日本文部科学省:日本教育概览,2006。

　　日本的教育财权和事责由区域政府主导，但是中央政府也分担较多的支出责任，例如法律规定中央政府必须承担部分教师工资等，所以日本的转移支付相对于法国、德国更大，占全国教育财政支出的 14.7％，主要是中央政府对区域政府的转移支付。

　　日本也有比较清晰的支出分类管理框架。日本的教育财政支出项目多级政府分工负责明显，中央政府和区域政府分项目干预地方支出项目。日本中央政府和都道府县各负责公立学校教师工资的一半；当地方政府修建或者改善公立小学或初中的设施时，中央政府必须补贴其中的部分费用。另外，中央政府还要对地方政府承担的学校教学活动开支进行多种形式的补助，例如免费教科书和对私立学校的补助。

　　综上，日本的基础教育财政制度的共有信念系统有以下特点：①中央、都道府县和市区町村共同组成基础教育财政体系，多级政府共同负担教师工资和学校运行经费；②支出标准和转移支付体系健全，对都道府县和市区町村的转移支付规模很大，保障基础教育财政的充足性和公平性；③中央加强标准制定和教育评估，以扩大市区町村和学校的自主权，提高基础教育财政的效率。

（五）中国：从责任下移到以县为主

　　县级政府是地方政府的重要组成部分。两千多年来，县政府长期持续和稳定地作为国家结构的基本单元而存在。它一方面承担中央政府、上级政府制定的政策贯彻执行的任务；另一方面承担对本地域内政治、经济和社会事务的管理任务，保持了持久的生命力和对不同时代的适应性。

　　在我国，县级政府不仅对义务教育等拥有直接管理的职能和责任，而且承担大量教育经费的筹措、管理和支出工作。因此，在中国基础教育财政的研究中，县级教育财政支出是关键。对县级教育财政支出的研究有助于我们了解基础教育公共服务的财政运行状况，研究其如何朝着充足、公平与效率的方向改进。

1. 1954—2000 年：分权阶段

　　从 20 世纪 50 年代中期到 70 年代末期，中国基础教育财政体制改革的基本倾向是向地方政府下放权力，地方的财政权限和管理权限越来越大。20 世纪 50 年代初，教育的事权和财权控制在中央、大行政区两级，以中央为主，以后逐渐下放。到 20 世纪 70 年代末，基础教育管理权限一直下放到县（市、区）、乡（镇）级，村虽然不是一级政府，却也负担兴办、管理小学的任务。

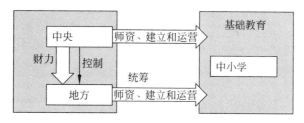

图 9　1954—1978 年中国的教育财政治理结构

　　但是在 1978 年以后的分权过程中，城市和农村在基础教育的实施和投入方面存在两种不同的模式。

与农村基础教育相比,城市基础教育能够更早、更好地得到财政的保障。1986 年的《中华人民共和国义务教育法》规定,城市义务教育以市或者市辖区为单位组织;城市依法征收的教育费附加纳入预算管理,由教育主管部门统筹安排,提出分配方案,商同级财政部门同意后,用于改善中小学办学条件;城镇实施义务教育的学校新建、改建、扩建所需资金,由当地人民政府负责列入基本建设投资计划,或者通过其他渠道筹措。

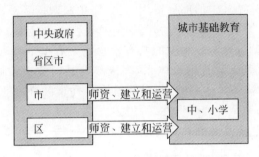

图 10   1978—2000 年中国的教育财政治理结构(城市)

与城市相比,农村教育多年来得到的国家财政支持较少,农民自己办教育色彩浓重。1978 年教育部颁发的中小学工作条例指出,中小学主要由县级统一管理,部分由社队(乡镇)管理。

1978—1992 年,进一步分权的中国农村基础教育财政制度实施。这一时期的农村基础教育形成县、乡、村三级办学的格局,公共财政在农村基础教育领域出现明显的缺失。1985 年,中共中央发布《关于教育体制改革的决定》,在管理体制上"实行基础教育由地方负责、分级管理",开始实行"省办大学,县办高中,乡办初中,村办小学"的财政投入体制。

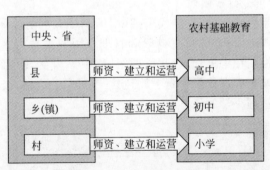

图 11   1978—1992 年中国的教育财政治理结构(农村)

1992—2000 年,实施县乡为主的农村基础教育财政制度。这一时期,开始减少村级办学负担,形成县、乡两级办学为主的格局,公共财政对农村教育仍然投入不够。1992 年国家教委颁布的《中华人民共和国义务教育法实施细则》规定农村义务教育以县为单位组织进行实施,并落实到乡(镇)。一方面,中小学教育经费纳入地方预算,以地方财政拨款为主,中央和省级专项补助为辅,乡(镇)一级财政开始建立,乡(镇)政府作为中、小学教育的管理主体综合实施事权和财权；另一方面，长期以来实行的办学经费绝大部分由政府包下来的教育经费投入体制发生很大变化，"多条腿走路"筹措教育经费的新格局开始逐渐形成，各种形式的捐资、集资活动，城乡教育费附加的开征，为教育经费增添了新的来源渠道。

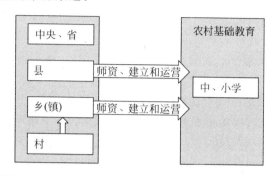

图 12　1992—2000 年中国的教育财政治理结构（农村）

在 1950—2000 年中国的基础教育财政制度博弈中，财政资源总体上呈现短缺状态，博弈参与者的首要目标是获得充足的教育财政资源。在 2000 年以前的历次制度改革中，自上而下的分权实际上是上级政府在财力短缺的困境下给下级政府更大的自主性，从而提高教育财政资源的充足性。这种改革只能重新分配全社会的财政资源，不能从根本上改变普遍短缺的社会现实，还会引起其他社会矛盾的激化。因此，这一时期的制度博弈不能形成稳定的均衡和共有信念系统。

2. 2001 年以来：以县为主阶段

2000 年前后是我国公共服务和基础教育的重要转折点，中央政府开始建设以转移支付为主的财力再分配制度。这一时期开始形成以县为主的基础教育财政体制，公共财政开始以转移支付形式发挥重要作用。

2000—2003 年，中国进行农村税费改革，取消了"三提五统"等收费项目，减轻了农民负担，但是也削弱了乡镇的财政收入，在转移支付不到位的情况下，基础教育的经费明显吃紧。为了保障县级政府的基础教育财政能力，国家先后出台多项政策，包括《国务院关于基础教育改革与发展的决定》（2001 年 5 月）、《国务院关于深化农村义务

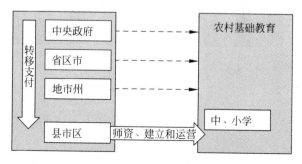

图 13　2001 年以来中国的教育财政治理结构

教育经费保障机制改革的通知》（2005 年 12 月）、《中华人民共和国义务教育法》（2006 年修订）。这些政策和法律把义务教育管理体制由原来的"三级办学，两级管理"转变为"以县为主"，对农村义务教育经费投入实行"明确各级责任，中央地方共担，经费省级统筹，管理以县为主"的新机制，使义务教育的责任主体（包括农村中、小学教师工资的管理）由原来的乡镇政府上升到县级政府，突出省级政府对义务教育进行统筹规划的责任，也强调了中央政府的责任问题。

至此，1985 年以来逐步下放的基础教育管理责任，又逐步向县级政府和省级政府回归。

2000 年以后，中国的财政资源在总体上改变了短缺状态，中央政府的财政资源充足程度得到空前的提高，这从根本上改变了制度博弈的基本格局。基础教育财政资源的普遍短缺逐渐变成个别短缺，充足性问题开始从国家层面逐渐下降到省、地市、县层面。因此，这一时期的制度博弈最先可能对充足性形成稳定的均衡和共有信念系统，并在以后逐渐引入公平和效率。

3. 分类管理和转移支付制度

中国目前还没有建立支出分类管理体系，教育财政的支出项目由县级政府接受中央政府和省级政府的转移支付后统一安排，基本没有多级政府的分工负责。

县级政府已经成为基础教育支出的主要承担者。2001 年后，我国逐步完善了以县为主的基础教育财政体制，县级政府负责基础教育的师资建设、学校建立和经费支出，地市级政府和省级政府根据本区域的财政体制对基础教育进行转移支付实现区域统筹，中央政府则从全国范围内进行规划和投放资金。从 2005 年全国地市、县两级财政支出对比可以看出，在教育领域，县级政府承担了 77%，地（市）本级承担了 23%，因此，如果排除地市级直属的非基础教育类学校，绝大多数基础教育财政支出都是由县级政府承担的。

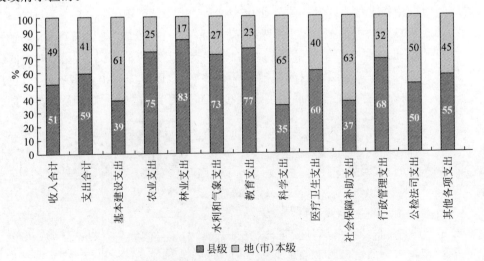

图 14　2005 年全国地市、县两级财政支出对比

　　2000 年前后,中国的转移支付制度发生很大变化,上级对县级政府的转移支付增长迅猛。1998 年之后,转移支付增长开始快于教育支出,2003 年左右又有一个大的提速。从 1996 年到 2006 年,市辖区转移支付增长了 16 倍,县级市转移支付增长了 14 倍,县转移支付增长了 12 倍。转移支付的总量已经大大超过县级教育支出的总量,在分税制深入实施和县级财政收入不足的情况下,转移支付的迅速增长对于县级财政的正常运转发挥了重要的作用。

　　在 2003 年以后,转移支付更加重视农村地区。从 2003 年到 2006 年,市辖区转移支付增长了 2.4 倍,县级市转移支付增长了 3.1 倍,县转移支付增长了 3.1 倍。这说明 2003 年之后,我国的转移支付政策开始加大对农村地区的投放力度。

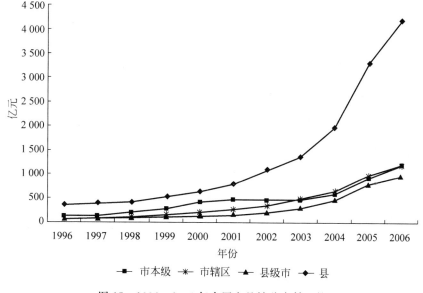

图 15　1996—2006 年全国市县转移支付比较

　　综上,中国长期以来形成的基础教育财政制度共有信念系统具有以下特点:①在经济发展水平较低,财政资源不足的时期,为了达到基本的充足水平,公办民助成为现实选择,学校和教师主要由政府负责,经费主要由当地居民以教育费附加形式间接承担,由家长以学杂费的形式直接承担。②随着经济的发展和财政包干、分税制等制度的实行,财政资源的充足程度普遍提高,各地区的差异化发展越来越显著,一些地区已经通过各项税收基本解决了充足问题,基本实现和普及了公办公助;而另一些地区的充足问题还很严重,由此促使公平问题成为政府和社会重点关注的问题。③1994 年的分税制确定中央政府和省级政府的财力划分,在此基础上通过转移支付制度,中央可以调节各省区之间的财力水平,直接或间接地调节地方教育财政公平问题。④当前省以下分税制度和转移支付制度还没有完善起来,对于县级教育财政充足和公平的调节仍然存在相当大的自由裁量和博弈空间。⑤我国的预算制定、经费拨付、资金使用等环节上还存在多种多样的问题,随着我国民主化、信息化程度的提高,教育财政的配置效率和规模效率逐渐成为财政改革的重点。

四、结　论

本文分析了法、德、美、日等主要发达国家和中国的教育制度，发现各国教育财权事权划分是在历史路径中动态演化的，关于充足、公平和效率的共有信念系统驱动各国教育财政制度的发展。

从各国的发展历史看，基础教育财政制度的起点是公共权力对于基础教育提供方式的介入，由于基础教育的重要性，各国纷纷建立基础教育财政体系。在最初的公有信念系统中，充足是基本的考虑。同时，制度很大程度上受各国行政体制的影响，形成分别由中央、区域、地方单级政府负责的多样化的基础教育财政制度。

随着社会的发展和制度的运行，社会公众和公共权力的目标开始发生转变，公平和效率开始逐渐成为共有信念系统的组成部分和核心要素。教育目标、财政标准、管理运行开始逐渐规范化和制度化。各国的基础教育财政制度开始在充足、公平和效率三个政策目标之间寻求平衡，不管原本是集权更多还是分权更多，各国的教育财政体制都开始向多级政府共同治理模式发展，纷纷建立了分级分类的学校管理体系和财力再分配的转移支付体系。

中国的基础教育财政制度自新中国成立以来随政府体制演变经历了多次变迁，2000年前后逐渐在公众、政府中形成以县为主和公共服务的共识，并逐渐落实到法律、规划和制度中。当前我国的基础教育财政制度的共有信念系统是以充足为基本目标，逐渐调整地区公平，逐步实现财政效率。当前我国基础教育财政的主要负责主体是县级政府，核心的制度安排包括三个方面：转移支付体系、共同治理体系和财政管理体系。目前，中国基础教育财政正在进入以县为主提供服务和转移支付补充财力的发展轨道。

我国的基础教育财政的政策目标应当是优先解决充足问题，逐渐调整地区公平，逐步实现财政效率。为了实现政策目标，我国以县为主的基础教育财政的核心制度安排应当重点加强三个方面：提高县级政府对上级财力依赖的转移支付体系、多级政府共同参与的治理体系和规范科学的财政管理体系。

我国的法律和政策已经基本确立中央地方共担，经费省级统筹，管理以县为主的基础教育财政制度基本原则。下一步应当在此基础上进一步明确和细化各级政府的责任，完善省以下分税制度和转移支付制度。中央财政应当发挥基础教育财政的指挥棒作用，提高在基础教育投入中的比重，制定教育财政支出标准的指导性意见，推进全国教育财政系统的制度和信息化建设。省级财政应当发挥基础教育财政的中枢作用，细化本省区域内的教育财政支出标准，完善省以下财力分配体系，实现省以下转移支付的标准化分配、集中化管理和全方位监督，推进本省范围内县级教育财政的充足、公平和效率。县级政府应当发挥基础教育财政的排头兵作用，管好用好本级和上级转移支付资金，保障本县教育财政良好运行。

Adequacy, Equity, and Efficiency:
A Comparative Institutional Analysis of
Basic Education on the Finance System

Bu Zizhou and Xu Tao

Abstract: Traditional education of finance theory usually categorizes the finance system into three types with respect to the division of finance and power: centralized, decentralized, and mixed. This article applies Masahiko Aoki's comparative institutional analytical model to the basic education about finance systems in China, France, Germany, Japan, and the United States. We find that adequacy, equity, and efficiency are recognized as the three institutional goals, and their balance builds the shared beliefs of basic education on the finance system. Both equilibrium and change are caused by the shared beliefs of adequacy, equity, and efficiency. Currently, county-level governments are the main bodies for administrative management of basic education on finance in China, with three key foci —the fiscal transfer payment system, the co-governance system, and the financial management system. China's future policy should attach priority to improving adequacy and to gradually achieving equity and efficiency.

Key Words: Adequacy; Equity; Efficiency; Comparative Institutional Analysis

中美 MPA 教育发展比较：
基于互联网调查的研究①

沈　勇*　程文浩**

摘　要：我国开展 MPA 教育已逾 10 年。在这个承前启后的关键发展阶段，需要全面认识我国 MPA 教育的发展现状，同时通过国际比较找出我们的差距，以便今后能够加速追赶与超越其他先进国家。本文基于互联网数据，系统比较了中美两国 MPA 教育在教育规模、办学机构、专业方向、课程设置、师资背景和学生构成等方面的差异。作者认为，中国 MPA 教育在快速发展的同时，也面临教育供给能力不足的挑战，今后应通过完善课程设置、优化师资构成、提高生源多样性等途径，进一步提升我国 MPA 教育质量。

关键词：MPA 教育　中美比较　网络调查

我国的公共管理硕士（MPA）教育自 2001 年正式试点以来，已走过整整 10 年的历程，并取得了很大成绩。在这个承前启后的关键阶段，有必要对中国 MPA 教育的发展现状进行全面总结，同时通过国际比较以知己知彼，找出我们的差距与不足，从而为中国 MPA 教育今后的稳健发展奠定基础。

现有的 MPA 教育中外比较研究往往缺乏实证数据的支撑，从而影响了对形势和现状的判断。有鉴于此，笔者于 2009—2010 年利用全国各 MPA 院校的网站以及全美公共事务与公共管理院校联合会（NASPAA）官方网站 www. naspaa. org 提供的信息，系统比较了中美 MPA 教育在机构属性、专业方向、课程设置、师资队伍和学生构成等方面的差异，以期能够准确地反映我国 MPA 教育的现状以及与国际一流 MPA

* 清华大学公共管理学院。E-mail：Shenyong@tsinghua. edu. cn。

** 清华大学公共管理学院。E-mail：Chengwenhao@tsinghua. edu. cn。

① 李昂峰同学为本研究承担了国内部分的数据收集工作，特此致谢。本文部分内容曾刊登于全国 MPA 教育指导委员会的《工作简报》第 64 期。

教育之间的差距，从而为我国 MPA 教育未来的可持续发展提供决策参考。[①]

一、中美 MPA 教育的规模比较

2001 年我国首批 24 所院校试办 MPA 教育，之后经过四次"扩容"，全国 MPA 办学机构目前已达 146 所。中国 MPA 教育在第一个 10 年快速增长，与 MPA 教育在其发源地美国的初期发展状况形成鲜明对比。

美国自 20 世纪 20 年代由锡拉丘斯大学马科斯维尔学院首开 MPA 教育先河以来，直到 20 世纪 70 年代初才发展到百所 MPA 院校的总体规模。1967 年的哈尼报告认为，由于研究资金和师资短缺以及项目定位模糊等原因，美国大学按照政府部门要求提供公共管理教育的能力不足，从而影响了美国 MPA 教育的发展。[②]

20 世纪 70~90 年代是美国 MPA 教育的快速发展期。这期间 MPA 办学机构发展迅速，NASPAA 在 1975 年时有 150 个会员，到 1980 年会员已超过 200 家，1993 年拥有 218 个成员单位。[③] 2009 年春季增加到 268 个。

MPA 教育的规模不仅反映在院校数量上，而且也反映在入学人数上。从 1966—1967 年年度到 1974—1975 年年度，全美 MPA 入学人数从 4 500 人激增到 19 731 人。如图 1 所示，美国 MPA 项目的入学人数除 2005 年有明显下降外，近 10 年来总体呈平稳增长。NASPAA 2001—2009 年对 MPA 院校的调查显示，全美年均 MPA 入学人数为 22 731 人。由于此类调查的院校反馈率通常仅有六成左右，所以我们大致可以推算出美国 MPA 年入学人数约在 3 万人以上。

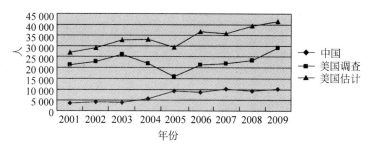

图 1 近 10 年中美 MPA 录取人数比较
数据来源：全国 MPA 教育指导委员会与美国 NASPAA 网站。

---

① 本文数字资料如无特别注明，均来自文中所述两个来源。考虑 MPA 申办院校的教学准备工作较为复杂，本调查未涵盖我国 2010 年新批准开展 MPA 教育的 46 所院校。本文以学院为基本分析单位，可能会高估部分主要依托院内各系办学的 MPA 项目的教师数量，对于跨院系的 MPA 项目则可能会出现低估的情况。

② Honey J.. A Report：Higher Education for Public Service. Public Administration Review，1967，24（4）：294-320.

③ Gordon P Whitaker. Segmentation，Decentralization and Diversity：Public Administration Education in the United States // Davies M R，Greenwood J，Robins，et al. Serving the State：Global Public Administration Education and Training. Aldershot：Ashgate Publishing Ltd，1998：216.

根据全国 MPA 教育指导委员会秘书处公布的录取结果,我国年平均招生 7 239 人,其中近 5 年入学人数大致维持在每年 1 万人左右,与美国相比有较大差距。我国的人口基数为美国的数倍,所以无论是 MPA 院校数量还是招生规模,我国未来都还有较大的增长空间。

二、中美 MPA 机构隶属关系比较

美国学者的研究表明,MPA 项目的组织结构形式会对项目定位、学科导向和课程特点等产生显著影响。[①] 此外,MPA 项目的机构背景也会对教师的职业选择产生重要影响。

笔者基于互联网所做的调查显示,我国 MPA 办学机构 30%属于独立的公共管理学院,23%隶属于商学院(含经济管理学院),19%隶属于具有明显的政治学(行政学)取向的学院,23%隶属于其他机构(如人文社科学院)。这与美国的情况有较大差异。NASPAA 的调查显示,美国 MPA 项目隶属于政治学院系的情况最为普遍(约占总数的 31%),隶属于独立的公共管理学院的仅有 14%。当然,这项调查只有 59%的反馈率,并不能完全反映美国 MPA 教育机构的全貌。表 1 具体比较了中美 MPA 办学机构的隶属关系。

表 1　中美 MPA 办学机构隶属关系

	MPA 项目隶属机构	中国($N=100$)/%	美国($N=159$)/%
1	公共管理学院	30	14
2	独立的中心	5	3
3	政治学或行政学院系	19	31
4	商学院、经济管理学院	23	6
5	其他机构	23	46

数据来源:作者调查和 NASPAA 网站信息。

总的来看,隶属于政治学院系是美国 MPA 项目的主导性组织方式。当然,这一特点也在发生变化,隶属于政治学院系的 MPA 项目的总体比例在 1979 年时曾高达 37%[②],现在则下降到 31%。目前不仅多学科结合的特点日益明显,而且以独立学院的方式开办 MPA 项目的情况也越来越多。一项对美国排名前 50 的 MPA 项目调查表明,这些项目 83%隶属于独立的公共管理学院。[③] 这无疑反映了美国一流 MPA 项

---

① Bowman J S., Plant J F. Institutional Problems of Public Administration Programs: A House Without a Home // Vocino T., Heimovics R. Public Administration Education in Transition. Basel: Marcel Dekker, Inc., 1982: 47.

② Wolf J F. Careers in Public Administration Education // Vocino T, Heimovics R. Public Administration Education in Transition. Basel: Marcel Dekker, Inc., 1982: 122-132.

③ Steven G. Koven, Frank Goetzke and Michael Brennan. Profiling Public Affairs Programs: The View From the Top. Administration & Society, Vol. 40, No. 7 (2008), pp. 691-710.

目的组织特点和发展趋势。

从表 1 可以看出，我国 MPA 办学机构在组织设置方面借鉴了美国近年的经验，从起步阶段就力图避免单一学科的影响，追求多学科的交叉与融合。

三、中美 MPA 教育的专业方向比较

专业方向作为 MPA 培养体系的组成部分，通常反映 MPA 教育的特色和办学机构的优势。根据笔者所做的互联网调查，我国 MPA 院校专业方向最少的仅有两个方向，最多的有多达 19 个方向，平均每个院校设置 6.5 个专业方向。这些方向基本涵盖中国不同层级政府的主要职能，对当前公共管理领域的热点问题亦有所反映。

图 2 列出超过 10% 的中国 MPA 院校均设置的专业方向。其中，排在前 4 位的专业方向及其比例分别是：行政（政府）管理 86%、人力资源与绩效管理 60%、教科文管理 50% 和公共政策 46%。随着我国各地区之间竞争的加剧以及城市化进程的加速，有 44% 的 MPA 院校开设区域发展和城市管理类专业；社会保障和公共医疗事关民生，意义重大，开设这两类专业的院校分别达到 39% 和 18%；有 34% 的院校开设了属于政府传统职能的财税、金融和审计专业；开设环境及可持续发展专业方向的学校达到 26%；开设政府信息化和非营利组织专业方向的院校分别为 24% 和 13%。

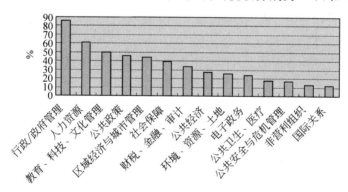

图 2 我国 MPA 专业方向分布

资料来源：作者调查。

总的来看，美国 MPA 项目的专业方向设置差异较大。20 世纪 90 年代的一项调查显示，个别 MPA 院校仅设 1 个专业，专业最多的院校有 13 个专业，平均每个院校设立 4.89 个专业。[①] 如图 3 所示，根据 2008 年前后对美国排名前 50 的 MPA 项目进行的调查，排名前 5 位的专业分别为公共管理（75.0%）、非营利管理（50.0%）、政策分析（47.8%）、州和地方政府（45.7%）以及环境政策（39.1%）。

---

① Robert E. Cleary. What Do Public Administration Masters Programs Look Like? Do they Do What Is Needed?. Public Administration Review，November/December，1990，pp. 663-673.

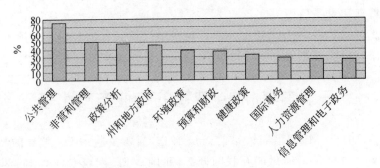

图 3　美国排名前 50 的 MPA 项目的专业方向分布

资料来源：Koven，et al. ，2008.

对比图 2 和图 3 可以发现，中美 MPA 项目排名前 10 位的专业方向有近一半相似或接近，呈现中美 MPA 专业方向明显的趋同特点。与此同时，两国在政府职能以及各自面临的公共管理现实问题的差异也反映在 MPA 专业方向的设置上。例如，我国有很多院校设立教科文管理类专业方向，这很可能与我国政府在这些领域的干预较强以及这些领域目前存在突出问题有关。

随着时代的发展，MPA 专业方向设置也会相应变化以满足现实需求。以美国为例，近年来其 MPA 专业方向发展的最大特点，是非营利管理方向的崛起。NASPAA 2009 年曾在 260 余家成员单位中进行问卷调查，在反馈结果的 88 个 MPA 项目中，53％设置了非营利管理方向，40％开设了相关课程，1/3 的项目授予非营利管理学习证书。

非营利管理专业方向的上升不仅折射出公共管理理念的根本性转变，而且也体现了当代美国治理结构的特点。美国公共管理教育内容已从传统的政府行政管理，发展到包括非营利管理、卫生管理和司法管理等在内的多个领域，从而逐步转向政府治理范畴。[1] 1998 年 NASPAA 确立了其与社区和其他协会合作的五个优先领域，包括民选官员（elected officials）、非营利管理、私人部门在公共政策中的作用、国际联络、卫生保健管理。显然，这些领域都已经超越传统政府的职能范畴，进入现代公共治理阶段。

四、中美 MPA 教育的课程设置比较

课程是 MPA 教育的基础，分为核心课、选修课等多种类型。从核心课程的设置来看，我国最初规定 9 门 MPA 核心课，后来调整为 7 门（除社会主义建设理论与实践和英语两门课程之外，在其他 7 门核心课程中可任选 5 门）。而美国不同 MPA 项目的核心课要求差异较大。1990 年所进行的统计调查显示，当时 MPA 项目最少仅要求

---

① Brintnall M A.. A Recent History of NASPAA // Kuotsai Tom Liou. Handbook of Public Management Practice and Reform. Basel：Marcel Dekker, Inc. , 2001, p. 721.

2 门核心课,多的超过 10 门,平均为 7.12 门核心课。① 表 2 详细比较了中美 MPA 核心课程。

表 2　中美 MPA 核心课程比较

中　　国	美国前 50 名 MPA 项目的主要核心课程
社会主义建设理论与实践	Human resources management 人力资源管理
英语	Budgeting and finance 预算与财政
公共管理	Microeconomics 微观经济学
社会研究方法	Management information systems/information technology course 管理信息系统/信息技术课程
公共政策分析	Ethics and leadership 伦理与领导力
政治学	Policy evaluation 政策评估
公共经济学	Decision making / problem solving 决策/问题解决
行政法	Research methods 研究方法
电子政务	Public administration 公共管理
	Politics and legal institutions 政治学与法律制度
	Economics and social institutions 经济学与社会制度
	Organizational concepts and institutions 组织概念与制度

资料来源：全国 MPA 教育指导委员会秘书处和 NASPAA 网站。

　　如表 2 所示,我国的 MPA 核心课程与美国的主要 MPA 课程之间确实存在一定差异。我国 MPA 核心课具有学科化和知识化特点,而美国课程更加贴近公共管理实践。除此之外,美国 MPA 课程设置还有一个重要变化,就是公共伦理教育的强化。在“二战”结束之后的 30 多年间,公共伦理教育的重要性一度被淡化。然而,在“水门事件”发生之后,有学者积极呼吁将伦理类课程纳入 MPA 课程体系。② 伦理教育的重要性同样也被 MPA 学生认可。例如,犹他大学 1990 年对 216 名 MPA 毕业生所做的问卷调查表明,64％的受访者认为伦理教育对其职业很重要。在受访者对于与其职业相关的重要技能的排序中,伦理教育名列第 7 位。③ 正是由于伦理教育的重要性,1998 年前后已有 78 所美国 MPA 院校开设了此类课程,还有 1/4 的学校将其作为必修课。④

　　相比之下,在我国现有的 MPA 课程体系中,价值和伦理类课程相对薄弱。事实上,由于 MPA 的培养对象主要为公职人员,所以其职业伦理与道德水平至关重要。然而,在我国上百所 MPA 院校中,即使将伦理类课程作为选修课,开设的院校

---

　　① Robert E Cleary. What Do Public Administration Masters Programs Look Like?. Do the Do What Is Needed?. Public Administration Review, November/December, 1990,pp. 663-673.

　　② Bowman J.. The Lost World of Public Administration Education：Rediscovering the Meaning of Professionalism. Journal of Public Affairs Education,1998,4(1),pp. 27-31.

　　③ Rice W. , Nelson D. , Van Hook P.. Using Opinion Surveys to Assess Ethics Education in a MPA Program：The Utah Case. Journal of Public Affairs Education, 1998,4(1),pp. 51-56.

　　④ Menzel D. To Act Ethically：The What, Why, and How of Ethics Pedagogy. Journal of Public Affairs Education, 1998,4(1),pp. 11-18.

也寥寥无几。在当前腐败、渎职等问题层出不穷的现实情况下,尽快在我国 MPA 教育教学中强化伦理道德教育,提高公职人员的道德水平与职业操守,确属当务之急。

除上述差异之外,中美两国的 MPA 核心课程也有一定的共性,例如均在一定程度上反映时代发展以及公共部门的现实需求。例如,最初很少有美国院校将信息技术作为 MPA 核心课,但随着计算机与信息技术在政府管理中的作用日益提升以及电子政府理念的提倡,到 1990 年之前已有 26% 的院校将信息技术类课程列为 MPA 核心课。[①] 我国的 MPA 教育自启动之初就将电子政务作为核心课程,这与 2000 年前后中国掀起的电子政务建设热潮紧密相关。

五、中美 MPA 教育的师资比较

师资是影响 MPA 教育质量的关键因素。NASPAA 要求 MPA 项目应至少有 5 名全职教师。美国 1979 年的一项调查表明,当时该国 MPA 项目的平均师资为 27 人,其中全职教师占 17.8%(约 5 人),非全职教师占 19.6%,来自其他院系的教师占 62.5%。[②] 在笔者所做的互联网调查中,有 96 所中国 MPA 院校在其网站上公布全职教师数量,平均每所院校有全职教师 42 人。总的来看,我国 MPA 项目的师资数量较为可观。另外,根据 89 所中国 MPA 院校在互联网上公布的教师最终学位信息计算,拥有博士学位的教师平均占总师资的 47.6%,其中 42 所院校有半数以上师资拥有博士学位,这一比例最高的院校甚至达到 88%。

在比较中美 MPA 项目的师资数量之后,笔者进一步分析了这些教师的专业背景。有 69 所中国 MPA 院校在互联网上公布其教师的专业背景信息。按照教师所获最高学位的专业来计算,工商管理专业的教师超过 21%;经济学是第二大专业,比例超过 18%;受过公共管理专业训练的教师约占 9%;传统的政治学专业低于 10%。显然,我国 MPA 师资在专业方面已呈现多学科特点。

如表 3 所示,中美两国的 MPA 师资均呈现明显的多学科特点。相比而言,我国 MPA 教师的专业分布相对均衡,美国 MPA 师资的专业分布则较为集中,其中政治学专业的师资占主导优势(超过 40%),这与美国 MPA 办学机构多隶属于政治学院系的现状基本一致。另外,在美国 MPA 师资中,公共管理专业出身的超过 22%,远远大于我国 9% 的比例。我国这一比例低与公共管理教育刚刚起步,尚未培养出大量的理论研究和教学人才直接相关。

① Robert E Cleary. What Do Public Administration Masters Programs Look Like?. Do the Do What Is Needed?. Public Administration Review, November/December, 1990, pp. 663-673.

② Wolf J F.. Careers in Public Administration Education // Vocino T, Heimovics R. Public Administration Education in Transition. Basel: Marcel Dekker, Inc., 1982, pp. 122-132.

表 3　中美 MPA 师资的前 5 位专业

中国（N＝69）	百分比/%	美国*	百分比/%
工商管理类	21.7	政治学	40.5
经济学	18.1	公共管理	22.6
法学	11.0	经济学	8.9
政治学	9.5	公共政策	4.5
公共管理	9.1	社会学	4.4

＊未公布调查样本。

数据来源：作者调查和 NASPAA 网站提供的信息。

中美 MPA 师资构成还存在另外一个显著区别，美国具有实务部门工作经历的非全职教师所占的比例较大，[①]这反映美国 MPA 教育的一个重要特点，即利用灵活的人事体制吸引有丰富实践经验的人士加盟 MPA 师资队伍，这样既能促进理论联系实际，又能弥补全职师资不足的缺陷。

六、中美 MPA 教育的学生构成比较

学生是 MPA 教育的社会价值的最终实现者，其人员结构、工作经历、专业背景等直接影响 MPA 教育的质量和效果。

我国的 MPA 教育以在职教育为主，试办初期曾要求申请者至少有 4 年以上工作经验，后调整为有 3 年以上工作经验。由于缺乏 MPA 学生构成的全国统计数据，本文仅以 2001—2008 年清华大学 MPA 学生的构成为例进行分析。其中，30 岁以下的学生占 46.4％；71％为男性，29％为女性。如表 4 所示，清华大学 MPA 学生中40.5％有 10 年以上工龄，27.4％有 6～10 年工龄，5 年以下工龄的为 32.1％，平均工龄为 10.3 年。考虑到清华大学公共管理学院 2005 年之后提高了处于职业中期（mid-career）人员的招收比例，所以 2005 年之前的学生构成情况也许更有代表性。即使仅计算 2001—2005 的数据，清华大学 MPA 学生的平均工龄仍然达到 8.6 年。当然，仅一所大学的学生数据并不能反映我国 MPA 教育的全貌，而且近几年我国 MPA 学生已趋于低龄化，但我们从中仍可大致判断我国 MPA 学生的构成特点，即以有一定工作经验、处于事业爬坡期或上升期的公共管理部门骨干人员为主体。

表 4　清华大学 MPA 学生的工龄结构

时　间	5 年以下/%	6～10 年/%	10 年以上/%	平均/年
2001—2004	33.1	39.6	27.3	8.6
2001—2008	32.1	27.4	40.5	10.3

---

①　Rice，W.，Nelson，D.，and Van Hook，P. "Using Opinion Surveys to Assess Ethics Education in a MPA Program：The Utah Case". Journal of Public Affairs Education，Vol. 4，No. 1(1998)，pp. 51-56.

美国的情况则有所不同。NASPAA 于 2009 年进行的调查显示,全美 MPA 学生中,30 岁以下的占 63.6%;男性占 26.2%,女性占 63.8%(其男女比例与我国情况相反);全时学习占 58.5%,在职学习占 35.0%,职业中期(mid-career)占 6.5%;在工作经验方面,无工作经验或工作经验不足 1 年的占 27.7%。当然,美国 MPA 生源构成也经历了一个变化过程。1974 年的调查显示,当时在职学生比例曾高达 62%,全时学生仅占 38%,与现在的情况正好相反。美国 MPA 学生构成的另一个显著变化,是国际学生数量显著增加。2007—2008 年所做的调查显示,国际学生人数在之前的 5 年间一直上升至 8.7%。在部分院校如伊利诺斯理工学院和哈佛大学,国际学生的比例甚至分别达到 55% 和 43%。[①] 这反映出美国的 MPA 教育已日益融入全球化进程。

总的来看,美国 MPA 学生已从早期的主要以在职人员为主,变为现在的学生构成多元化,年轻学生、全时学生、女生和国际学生的相对比例不断提高。正因如此,NASPAA 近年来已把学生构成的多样性作为 MPA 项目认证的重要指导原则,认为成员机构有义务吸收少数族裔和女性学生。当前,我国 MPA 教育正面临生源结构调整任务。MPA 试点期间主要以招收单一的在职人员为主,后来有少数院校开始培养具有丰富实践经验的管理干部(类似于美国的 mid-career),这两年有几所院校开始招收国际学生,2010 年全国开始招收全日制 MPA。学生构成的这些变化将使我国的 MPA 培养模式面临新的挑战。

七、结论与建议

从 2001—2011 年,我国的 MPA 教育经历了 10 年快速发展。MPA 教育成绩的取得除归功于国家的重视以及社会需求的推动之外,充分吸收海外 MPA 教育的成功经验也是一个重要原因。实践证明,适当借鉴海外 MPA 教育的成功经验,能够缩短我们自身的探索路径,降低探索的成本。

本文对中美两国 MPA 教育的六大方面进行了综合比较。平心而论,相对于美国 MPA 教育 80 多年的历史积淀,我国的 MPA 教育根基尚浅,师资、专业、课程、教学等方面的供给能力依然不足,对于全球化背景下的需求变化也未给予足够重视。笔者认为,我国 MPA 教育下一阶段的主要任务,应是在稳定规模的同时全面提高教育质量。具体建议如下:

(1)加强师资队伍建设,重点调整师资结构。尽管我国已有一支相当规模的 MPA 全职师资队伍,但师资结构有待完善,尤其是教师的公共管理实践经验明显不足,直接影响教学和研究质量。今后应重点提高具有实务部门工作经验的教师的比重,同时提高有公共管理专业背景和博士学位的教师的比例。

(2)专业方向、课程设置和教学内容均应与时俱进。我国的 MPA 培养方案及课程设置总体上侧重于一般性知识框架的学习,思想和伦理类等课程十分薄弱,非营利

---

① Carmen R Apaza, Laurel McFarland. International Student Trends in American Schools of Public Affairs: Results of a NASPAA Survey. http://www.globalmpa.net/UserFiles/File/InternationalEnrollmentTrends.pdf.

组织管理、公私伙伴关系等公共治理前沿问题未能在课程体系中有所体现。今后应在我国的 MPA 教育中尽快纳入伦理教育和非营利管理等内容，以更好地适应时代变化，满足现实需要。

（3）顺应全球化趋势，实现学生构成多元化。我国的 MPA 生源基本以在职人员为主，生源结构较为单一，国际化程度较低。今后应合理区分处于事业发展不同阶段的公共管理人员的学习需求，并通过制定有针对性的招生和培养政策，提高中高级管理人员的入学比例。同时还应大力提高国际学生的比重。随着我国综合国力的迅速提升以及全球化进程的日益深化，MPA 生源的国际化不仅能够扩大我国的国际影响力，而且也能更好地促进公共管理领域的中外交流与合作。

中国 MPA 教育已经走过 10 年的风雨历程，其间成绩和问题兼有，机遇和挑战并存。未来 10 年将是这项事业实现新的跨越式发展的宝贵契机。衷心希望我国的 MPA 教育能够尽快实现从数量增长到质量提升的飞跃，在充分借鉴国际经验的同时，基于中国的现实国情进行大胆的自主创新，从而在本土化和国际化道路上取得新的成就。

A Comparative Study of Chinese and American MPA Education

Shen Yong and Cheng Wenhao

Abstract：China's MPA education is entering the second decade of development. At this critical moment，it is necessary to identify and address the problems and weakness of the current Chinese MPA system. Based on the websites of Chinese MPA programs and surveys done by the National Association of Schools of Public Affairs and Administration（NASPAA）of the United States，the authors compare the MPA education of the two countries in terms of their MPA institutions，enrollment，curriculum，faculty，and student body. The authors then raise suggestions on how to further develop China's MPA education.

Key Words：Comparative Study；MPA；China；the United States

财政分权何以影响行政管理支出
——抑制或刺激？[①]

江克忠[*]

摘 要：行政管理支出具有双重属性：过多的支出不利于经济增长，使地方政府及官员在竞争中处于劣势而不利于晋升，同时有违中央政府的宏观政策目标；但能提高地方政府官员个人的经济福利水平。所以在中国财政分权的制度环境下，地方政府对行政管理支出存在两难选择。本文利用我国30个省（自治区、直辖市）1998—2006年的面板数据对财政分权与行政管理支出的关系进行实证研究和稳健性检验。主要结论是：财政分权和行政人员规模是导致地方政府行政管理支出高速增长的两个重要因素，而且前者影响的"经济显著性"水平远大于后者。地区经济发展水平、资源禀赋、社会结构等因素对行政管理支出也有显著性影响。在公共财政体制改革的背景下，其他公共财政支出项目（社会保障支出除外）与行政管理支出存在明显的竞争效应。

关键词： 财政分权 行政管理支出 政府竞争

一、引 言

改革开放以来，我国行政管理支出[②]处于高速增长阶段。其中，1978—2006年，行政管理支出年平均增长速度达到 19.83％，占财政总支出的比重由 4.71％ 上升到 18.73％；而 GDP、人均 GDP、财政收入、经济建设支出、文教费类支出的增长

---

 * 南京审计学院。通信地址：南京市浦口区雨山西路 86 号南京审计学院经济学院，211815。电话：13585101450，025—86293807。E-mail：jiangkezhong2007@163.com。

 ① 本文得到江苏省高校优势学科建设工程资助项目（审计科学与技术，即 PAPD-AST）资助。同时，也是教育部人文社科基金项目"财政分权、财政支出结构与全要素生产率"（09YJA790107）的阶段性成果之一。

作者感谢南京审计学院经济学院"润智博士沙龙"参与者裴育博士、孙国锋博士、王洪亮博士、吴凯博士等的建议。

 ② 本文行政管理支出指预算内行政管理支出，包括：行政管理费、公检法司支出、武装警察部队支出、外交外事支出、其他部门（税务、审计等部门）事业费，但不包括国防支出在内。

率分别为 9.7％、8.5％、13.68％、10.5％、16.71％，均小于行政管理支出的增长速度。

　　在我国，行政管理、医疗卫生、基础教育等公共产品（服务）以高度分权方式由地方政府提供。总体上，我国现行的财政分权制度，税率和税基的决策权都归中央政府，地方政府获取预算内财政收入的自由裁量权备受制约；而财政支出，除专项转移支付资金和部分法定支出，中央政府并没有明确规定地方政府财政资金的使用方向，地方政府拥有较大的自由裁量权。但是，作为单一制国家，地方政府难以控制所属行政机构的设立及人员规模：一方面，中央政府有的部门，地方政府也必须设立相同或类似机构对口管理；另一方面，中央政府对地方政府的机构设置、行政人员规模也享有高度的权威，成立有专门的机构（中央机构编制委员会及其常设办公室）进行管理。因此，与其他财政支出项目相比，行政管理支出具有比较大的刚性，同时地方政府对其控制力也相对要弱一些。[①] 从图1可以看出，行政管理支出占财政总支出的比重在各地区不同年份以及地区之间存在显著差异。

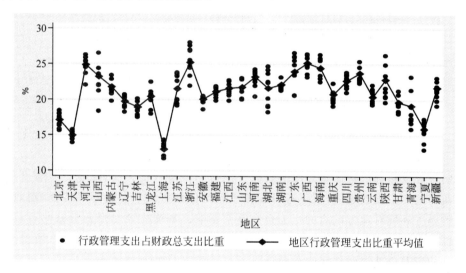

图 1　地方政府行政管理支出波动图（1998—2006）

数据来源：1999—2007 年《中国财政年鉴》和作者的计算。

　　地方政府行政管理支出水平差异可能存在以下的情况：地方政府之间行政机构和人员规模具有相对的稳定性，而财政支出上的自由裁量权不同，导致行政管理支出水平存在差异。也就是说，地方政府可能在行政机构和人员规模受控制的背景下，由于对财政支出资金自由裁量权的扩大，导致行政管理支出高速增长。而且，何梦笔将我国地方政府财政支出结构差异的原因归结为地区经济发展水平、要素禀赋、经济结构的差异，财政分权下各地方政府及官员所受的激励和约束有所不同，因此，不同的地

---

①　郑新业，张莉.社会救助支付水平的决定因素：来自中国的证据.管理世界，2009，(2)：49-57.

方政府会表现出不同的行为方式。[①] 而且,以上观点也得到张晏和龚六堂[②]、王文剑和覃成林[③]等人理论和实证研究的支持。

　　为了抑制行政管理支出的高速增长,1978—2006 年,我国于 1982 年、1988 年、1993 年、1998 年、2003 年进行了 5 次大型的以精简机构和人员为主要内容的行政机构改革。但是,从图 2 可以看出,无论是改革的当年还是以后几年,行政管理支出的增长速度均没有出现显著的下降。单从行政管理支出增长率来看,排除行政机构和人员规模因素之外,肯定有更深层次的原因导致我国行政管理支出的高速增长。结合上文的分析,财政分权有可能是导致我国行政管理支出高速增长的一个重要因素。

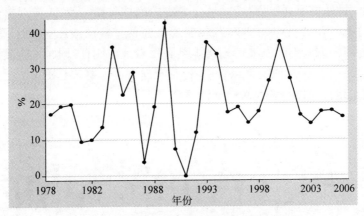

图 2　行政管理支出增长率波动图(1978—2006)

数据来源:中经网统计数据库和作者的计算。

　　财政分权指标反映了地方政府财政支出自由裁量权的大小,财政分权程度越高,地方政府的自由度就越大,就越有可能按照自己的偏好或利益行事。当然,财政分权运行的制度环境对地方政府的行为也有重要影响。本文主要对财政分权与行政管理支出的关系进行理论分析和实证检验,同时,也检验了地区经济发展水平、资源禀赋、社会结构以及公共财政体制改革背景下地方政府面临的其他财政支出项目压力等因素对行政管理支出水平的影响。下文结构安排如下:第二部分是文献评述,结合前人的研究成果和我国财政分权制度环境的特征,对财政分权与行政管理支出关系进行规范分析。第三部分是实证研究部分,包括本文采用的财政分权指标的选择,面板数据模型变量的选择和说明,模型的设定及检验,实证研究结果分析和稳健性检验。第四部分是本文的简要结论和政策建议。

　　① 何梦笔.政府竞争:大国体制转型理论的分析范式.天则内部文稿系列,2001.
　　② 张晏,龚六堂.分税制改革、财政分权与中国经济增长.经济学(季刊),2005,5(1):75-107.
　　③ 王文剑,覃成林.地方政府行为与财政分权增长效应的地区性差异——基于经验分析的判断、假说及检验.管理世界,2008,(1):9-21.

二、文献评述和研究逻辑

第二代财政分权理论（Weingast[①]，Qian 和 Weingast[②]，Qian 和 Roland[③]）从公共选择理论出发，对传统财政分权理论（Tiebout[④]，Musgrave[⑤]，Oates[⑥]）的仁慈政府假设提出质疑，认为政府并不总是从居民福利最大化目标出发，政府官员也是理性的，他们可能从政治决策中寻租。这一理论同时将激励、相容与机制设计学说引入财政分权理论中，认为有效的政府结构应该实现对政府官员的激励与居民福利的相容。实践中，Shah 等通过对发展中国家和新兴市场经济国家财政分权与公共服务提供、腐败、经济增长关系的实证研究，发现财政分权的现实后果要取决于现有的制度安排（包括权力关系）。[⑦] 受第二代财政分权理论及其研究成果的启示，国内外大量学者对中国的财政分权模式对地方政府财政支出结构的影响进行了大量的研究。

傅勇和张晏将我国财政分权的一个重要特征概括为：与标准的财政分权理论相伴随的是政治上的联邦主义；而我国却在垂直的政治管理体制下，演绎出财政联邦主义，即财政分权同垂直的政治管理体制紧密结合。[⑧] 所以，在中国，中央政府有足够的能量对地方进行奖惩，地方政府官员不得不追随中央政府的政策导向。[⑨]

这样，在中央集权的垂直政治管理体制和实行委任制的中国，[⑩]由于中央政府具有的权威性，其宏观政策目标应该很容易得到地方政府的贯彻和实施。例如，中央政府主导和身体力行的行政机构改革以及公共财政体制改革对地方政府节约行政管理费用，克服铺张浪费和改善政府工作效率应该具有实质性影响。而且，改革开放以来我国中央政府主导和进行了多次行政机构改革。特别是 1998 年，决策层提出"积极创造条件，尽快建立公共财政框架"要求，公共财政体制改革在我国全面铺开。公共财政体制改革的一个主要目标是压缩行政管理支出的规模，加大对教育、医疗卫生、社会保

① Weingast B R. The Economic Role of Political Institutions：Market-Preserving Federalism and Economic Development[J]. Journal of Law，Economics and Organization，1995，11(1)，pp. 1-31.

② Yingyi Qian，Weingast B R. Federalism as a Commitment to Preserving Market Incentives[J]. Journal of Economic Perspectives，1997，11(4)，pp. 83-92.

③ Yingyi Qian ，Gerard Roland. Federalism and the Soft Constraint[J]. American Economic Review，1998，88(5)，pp. 1143-62.

④ Tiebout C M. A Pure Theory of Local Expenditure[J]. The Journal of Political Economy，1956，64(5)，pp. 416-424.

⑤ Musgrave R A. The Theory of Public Finance[M]. New York：McGraw-Hill，1959.

⑥ Oates W E. Fiscal Federalism[M]. New York：Harcourt Brace Jovanovich，1972.

⑦ Shah A，Thom pson T，Heng-fu Zou. Decentralizing the Public Sector：The Impact of Decentralization on Service Delivery，Corruption，Fiscal Management and Growth in Developing and Emerging Market Economic：A Synthesis of Empirical Evidence[J]. CESifo DICE Report，2004，2(1)，pp. 10-14.

⑧ 傅勇，张晏. 中国式分权与财政支出结构偏向：为增长而竞争的代价. 管理世界，2007，(3)：4-12.

⑨ Kai-yuen Tsui，Yonqiang Wang. Between Separate Stoves and a Single Menu：Fiscal Decentralization in China[J]. The China Quarterly，2004，177，pp. 71-90.

⑩ 乔宝云，范剑勇，冯兴元. 中国的财政分权与小学义务教育. 中国社会科学，2006，(6)：37-46.

障等与公众福利更加密切的公共支出的力度。也就是说，由于中央政府的权威性，在中央政府宏观政策目标和身体力行的改革的引导下，地方政府在财政支出自由裁量权扩大的同时，应该会主动抑制行政管理支出的高速增长。

但实践中，地方政府的行为有可能出现异化，违背中央政府的政策目标，主要是由于我国财政分权体制具有以下两个重要特征：①地方政府之间"自下而上"的"标尺竞争"模式的缺失[1][2]；②中央政府对地方政府官员的委任以 GDP 为主要政绩的考核机制[3][4][5]。

在标准的财政分权模式下，地方政府之间会出现"自下而上"的"标尺竞争"，处于信息弱势的公众会参照其他地方政府的行为评价自己所在辖区的政府行为，防止政府权力的滥用；同时地方政府官员知道选民会以其他地区为标尺，从而会效仿其他地区的相关政策，相互监督和学习，从而提高政府部门的运作效率。在我国，上述"自下而上"的"标尺竞争"还很不完善，地方政府官员的行为很少受民众影响。其中，中国行政机构缺乏足够的弹性，地方政府的行为不能很好地对居民的偏好和经济发展水平等做出相应的调整，居民"用手投票"机制是失灵的。[6]中国流动人口规模虽然庞大，但由于教育、医疗等重要公共产品皆系于户籍，"用脚投票"机制也难以有效制约地方政府的行为。[7] 与这种"自下而上"的"标尺竞争"不同，中国地方政府是对上负责，从而形成一种基于上级政府评价的"自上而下"的"标尺竞争"，即上级政府通过考评下级政府的相对绩效对下级政府官员实施奖惩。同时，在政治组织的激励机制设计方面，由于政治组织委托人偏好的异质性、政治组织的多任务型、外部条件的差异，很难有一个外部的充分统计量指标可以对官员进行客观的评价。作为发展中国家，由于面临经济增长的强大压力和 GDP 指标的易测量性等原因，实践中，中国形成中央政府对地方政府官员的提拔和委任更多的以 GDP 为主要政绩的考核机制。

在地方政府之间激烈竞争和以 GDP 为主要政绩的考核机制的背景下，地方政府辖区内的民众虽然不能对其行为构成约束，但是地方政府应该主动抑制行政管理支出的高速增长，否则会在竞争中处于劣势而不利于晋升。因为按照 Keen 和

① 张晏，等. 标尺竞争在中国存在吗？[D]. 上海：复旦大学中国社会主义市场经济研究中心，2005.

② 王永钦，张晏，章元，等. 中国的大国发展道路——论分权改革的得失. 经济研究，2007，(1)：4-16.

③ 周黎安. 晋升博弈中政府官员的激励与合作——兼论我国地方保护主义和重复建设问题长期存在的原因. 经济研究，2004，(6)：36-50.

④ 周黎安. 中国地方官员的晋升锦标赛模式研究. 经济研究，2007，(7)：36-50.

⑤ Hongbin Li, Li-An Zhou. Political Turnover and Economic Performance：the Incentive Role of Personnel Control in China[J]. Journal of Public Economics，2005，89(9-10)，pp. 1743-1762.

⑥ Zhang Xiaobo. Fiscal Decentralization and Political Centralization in China：Implications for Regional Inequality[J]. Journal of Comparative Economics，2006，34(4)，pp. 713-726.

⑦ 张丽华，汪冲. 解决农村义务教育投入保障中的制度缺陷——对中央转移支付作用及事权体制调整的思考. 经济研究，2008，(10)：144-152.

Marchand[①]、Cai 和 Treisman[②]、傅勇[③]等的区分方法[④]，行政管理支出提供的属于典型的非经济物品，其对地方官员任期内（或当期）的经济增长无直接贡献，和其他公共支出相比对吸引流动资本也无明显优势。同时，基于李涛和周业安[⑤]、王小鲁等[⑥]的研究，我国行政管理支出的膨胀已经对生产率和经济增长产生十分显著的不良影响。按照以上逻辑，地方政府在财政支出自由裁量权扩大时，也应该抑制行政管理支出的高速增长。

　　但是，行政管理支出作为一种典型的消费性支出，虽然不直接进入地方官员任期内（或当期）的生产函数，但能够直接进入地方官员个人的效用函数。所以，由于公众"用手投票"和"用脚投票"机制的失灵，对地方政府及官员行为构不成约束；同时，当中央政府对地方政府及官员的激励机制存在缺陷时，地方政府官员存在扩大行政管理支出的强大动力和倾向。例如，Cai 和 Treisman 认为：如果资源禀赋差距过大，弱势地区可能"破罐子破摔"，放弃竞争。因为在相对绩效考核机制下，赢家的数量是有限的，大部分是输家；而且富裕地区更多地享受先天的优势和收益递增机制的好处，使得落后地区的政府官员努力了也未必有用。但政府官员也是"理性经济人"，在晋升可能性比较小的情况下，他们会寻求替代的办法进行补偿，比如加大与自身福利更加密切的行政管理支出。[⑦]　田伟和田红云实证研究的结果也表明，在我国越是那些初始经济社会条件落后的地区，地方官员似乎会伸出更多的"攫取之手"，如追求更多的在职消费（建造豪华办公楼、购置豪华轿车等）、通过变相的手段将公款挪为私用（如将个人消费的发票以公款报销）、利用拥有的资源控制权所进行的炫耀性消费行为等。[⑧]

　　同时，地方政府官员行为背后都遵循稳定存在的科层制逻辑，[⑨]在政府"金字塔"式的科层组织中，一般说来，当一个政府官员级别越来越高的时候，他在职务上继续晋升的机会也就越来越少。人们把那些晋升空间不足的官员形象地称为"天花板官员"，升迁无望的"天花板官员"们会寻求替代办法进行福利补偿。例如，地方政府的人事管

　　① Keen Michael, Marchand Maurice. Fiscal Competition and the Pattern of Public Spending[J]. Journal of Public Economic, 1996, 66(1), pp. 33-53.
　　② Hongbin Cai, Daniel Treisman. Does Competition for Capital Discipline Governments? Decentralization, Globalization, and Public Policy[J]. American Economic Review, 2005, 6, pp. 817-830.
　　③ 傅勇. 财政分权、政府治理与非经济性公共物品供给. 经济研究, 2010, (8)：4-15.
　　④ 傅勇将经济物品和非经济物品的划分标准表述为：经济性公共产品直接进入地方官员任期内的（或当期）生产函数，而非经济性公共产品则对当期的地区经济增长无直接贡献，两者存在生产性和消费性的区别。此外，从地方政府竞争角度，经济性与非经济性公共产品的区别还在于对吸引资本流动而言，非经济性公共产品的外部性要小于经济性公共产品的外部性。外部性是指公共产品供给的改善能够提升地方官员任期内的资本生产力。
　　⑤ 李涛，周业安. 财政分权视角下的支出竞争和中国经济增长：基于中国省级面板数据的经验研究. 世界经济, 2008, (11)：3-15.
　　⑥ 王小鲁，樊纲，刘鹏. 中国经济增长方式转换和增长可持续性. 经济研究, 2009, (1)：4-16.
　　⑦ Hongbin Cai, Daniel Treisman. Did Government Decentralization Cause China's Economic Miracle? [J]. World Politics, 2005, 58(4), pp. 505-535.
　　⑧ 田伟，田红云. 晋升博弈、地方官员行为与区域经济差异. 南开经济研究, 2009, (1)：133-151.
　　⑨ 周雪光，艾云. 多重逻辑下的制度变迁——一个分析框架. 中国社会科学, 2010, (4)：132-150.

理制度中有关晋升的年龄限制导致中国特色的官员"59 岁现象"。也就是说,即使是在具有竞争优势的地区,同样存在政府官员晋升需求的无限性与晋升机会供给的有限性之间的矛盾,在规模庞大的行政管理体系内部的不同部门,能够得到晋升的毕竟只是极少部分官员,更多的没有晋升机会的政府官员就会寻求替代办法进行福利补偿,加大行政管理支出规模是最直接和普遍而且风险最小的福利补偿方式。

进一步,存在地方政府对其辖区内不同行政管理部门官员的考核机制难题。不同行政管理部门,其任务和责任也存在差异,传统的以 GDP 为主要政绩的考核机制对地方政府大部分行政管理部门失灵。例如,在地方官员的政绩考核机制中有"民主测评"程序,下属的评价对上级官员的前途也有一定的影响,导致上级官员为了维持稳定的政治支持网络,对下属行为的异化(例如"三公消费")采取一种放纵的态度。袁飞等认为,我国实行分级的行政管理模式,相对于中央政府最大化社会福利的目标,地方政府官员的目标要更为丰富,他们需要在提供有效公共品与满足特定的利益集团的需要之间做出权衡,以建立本地的政治支持网络。[①] 同时,在地方政府的"团队生产"中,同一地方政府官员之间可能存在严重的"搭便车"现象,以及缺乏对地方政府官员有效的长期激励机制,助长了地方政府官员的"机会主义"行为。以上分析说明,地方政府在财政支出自由裁量权扩大时,会加大行政管理支出规模。

总之,行政管理支出具有双重属性:①过多的支出不利于经济增长,使地方政府及官员在竞争中处于劣势而不利于晋升,同时有违中央政府的宏观政策目标;②行政管理支出与政府官员的福利直接高度相关,过多的支出使其显性或隐性福利得到提升,而且由于行政管理体系的庞大和运行机制的复杂性,地方政府对行政管理支出的控制有可能是"有心无力"。通过对以往研究成果的归纳和规范分析,我们无法确定我国的财政分权对地方政府行政管理支出产生何种稳定的效应。而且,在实证研究中,不同的研究者得出的结论也截然相反。其中,王贤彬和徐现祥[②]、孙琳和潘春阳[③]、王文剑[④]等的研究结论是我国的财政分权抑制了行政管理支出的膨胀;而袁飞等[⑤]、龚锋和卢洪友[⑥]的研究结论却认为我国的财政分权刺激了行政管理支出的膨胀。但是,以往的研究都不是以行政管理支出作为主题进行论证,有可能产生遗漏变量等重要问题,导致研究结果的有偏性。本文力求在重点考察财政分权、行政人员规模变量的基础上,加入反映地区经济发展水平、资源禀赋、社会结构等因素的变量,同时考虑财政支出项目之间的竞争效应,在一个比较完整的框架内对影响我国地方政府行政管理支

---

① 袁飞,陶然,徐志刚,等.财政集权过程中的转移支付和财政供养人口规模膨胀.经济研究,2008,(5):70-79.

② 王贤彬,徐现祥.转型期的政治激励、财政分权与地方官员经济行为.南开经济研究,2009,(2):58-78.

③ 孙琳,潘春阳."利维坦假说"、财政分权和地方政府规模膨胀——来自1998—2006 年的省级证据.财经论丛,2009,(3):15-22.

④ 王文剑.中国的财政分权与地方政府规模及其结构——基于经验的假说与解释.世界经济文汇,2010,(5):105-119.

⑤ 袁飞,陶然,徐志刚,等.财政集权过程中的转移支付和财政供养人口规模膨胀.经济研究,2008,(5):70-79.

⑥ 龚锋,卢洪友.公共支出结构、偏好匹配与财政分权.管理世界,2009,(1):10-21.

出水平的因素进行实证检验。

三、实证研究

（一）变量的选择和说明

为了保持数据的可靠性和统计口径的一致性，实证研究采用中国 30 个省（自治区、直辖市）1998—2006 年的面板数据（西藏自治区除外）[①]。数据来源于《中国统计年鉴》、《中国财政年鉴》、中经网统计数据库。实证研究中，所有变量都作对数处理，以使模型估计结果不会随变量测度单位的变化而改变，同时以缓和变量出现异方差和偏态性的趋势。

本文实证研究的变量选择和衡量指标如表 1 所示。

表 1　变量定义

类　型	变量名称及符号	衡　量　指　标
因变量	行政管理支出水平（xzgl）	预算内行政管理支出占财政总支出比重
解释变量	财政分权（czfq）	地方政府本级财政收入占财政总支出比重
	行政人员规模（xzry）	行政管理人员占总就业人员比重
	经济发展水平（gdp）	人均真实 GDP（以 GDP 平减指数进行处理）
	财政收入规模（czsr）	地方政府预算内财政收入占 GDP 比重
	预算外收入规模（ysw）	地方政府预算外收入占 GDP 比重
	城市化水平（csh）	城镇人口占总人口比重
	市场化水平（sch）	非国有单位职工占总就业人口比重
	人口密度（rkmd）	每平方公里常住人口数
	基本建设支出现状（jbjs）	基本建设支出占财政总支出比重
	社会保障支出压力（shbz）	65 岁及以上人口占总人口比重
	教育支出压力（jyzc）	在校小学生人数占总人口比重
	医疗卫生支出压力（ylzc）	每万人拥有的医疗机构床位数

1. 财政分权变量的选择和说明

财政分权是本文重点考察的一个变量，但是如何选择财政分权指标是一个存在很多争议的问题。本文参照其他研究者构建的衡量财政分权的指标体系（张晏和龚六

[①]　选择 1998—2006 年作为本文实证研究区间主要基于以下原因：①在整理 1998 年之前年份数据时，部分变量的数据缺失；同时我国 1998 年开始进行公共财政体制改革，对财政支出结构进行优化，可以在一个完整的框架内考察公共财政体制改革对行政管理支出的效应。②2007 年我国进行政府收支分类改革，主要财政支出科目发生变更，无法整理出和以前年份统计口径一致的行政管理支出等主要变量的数据。

堂①，沈坤荣和付文林②，龚锋和雷欣③)，同时基于 Davoodi 和 Zou、陈硕④等的研究成果,用地方政府本级财政收入占本级财政总支出的比重衡量财政分权。其中,Davoodi 和 Zou 认为除从收入和支出的角度设计财政分权指标,还可以引入财政独立性指标或自给程度指标,用地方自由收入占地方总收入(总支出)的比重刻画财政分权;因为地方政府可动用的财政资源包括本级财政收入和上级政府的转移支付,而对应性转移支付(专项转移支付)的权力应该是属于转移支付的授予一方,地方政府只对一揽子转移支付或者非条件性转移支付(税收返还)拥有自由支配权。⑤ 所以,如果用财政支出指标衡量,存在显著高估地方政府的分权程度。虽然地方政府对中央政府的部分转移支付资金可以自由支配,但是考虑地方政府本级财政收入中有一部分是受中央政府控制(例如,我国财政支出中有关教育、三农支出的法律规定、专项转移支付资金要求地方政府进行资金配套等)。所以,用地方政府本级财政收入占本级财政总支出的比重(财政独立性)衡量财政分权指标所引起的误差最小,能够正确地刻画地方政府的财政支出自由裁量权的大小。

2．其他变量的选择和说明

行政人员规模是直接影响地方政府行政管理支出水平的重要变量。而且,以往以行政管理支出为主题的研究中,都将行政人员规模的膨胀作为导致我国行政管理支出高速增长的主要原因。⑥

经济发展水平、财政收入规模、预算外收入规模、城市化水平、市场化水平、人口密度等变量衡量各地区的经济发展、资源禀赋、社会结构等的差异。其中经济发展水平、财政收入规模、预算外收入规模更多地能反映各地区资源禀赋对行政管理支出的影响。将地方政府预算外收入规模作为本文的控制解释变量主要基于以下原因:相对于预算内收入,地方政府对预算外收入拥有更大的自主权,所以我国地方政府存在将部分预算内收入划归预算外进行管理,在预算内行政管理支出不能满足其支出要求时,通过预算外资金进行弥补。也就是说,预算外收入水平的提高与预算内行政管理支出有可能存在替代关系。⑦ 城市化水平、市场化水平、人口密度等变量衡量地区社会结构的差异。由于政府对城镇和农村的治理方式存在差异,同时从管理学的视角出发,城市化水平、人口密度的提高对行政管理支出有可能产生"规模经济"效应。本文的市场化水平衡量的是城镇内部的国有企业改革状况。在传统计划经济条件下,企业不但是经济组织,而且是行政组织,政府承担的部分行政管理职能由企业承担(企业办社会),所以市场化改革有可能加重政府行政管理负担。

---

① 张晏,龚六堂.地区差距、要素流动与财政分权.经济研究,2004,(7)：59-68.

② 沈坤荣,付文林.中国的财政分权制度与地区经济增长.管理世界,2005,(1)：31-39.

③ 龚锋,雷欣.中国式财政分权的数量测度.统计研究,2010,(10)：47-55.

④ 陈硕.分税制改革、地方财政自主权与公共品供给.经济学(季刊),2010,9(4)：1427-1446.

⑤ Davoodi H, Heng-fu Zou. Fiscal Decentralization and Economic Growth: A Cross-Country Study [J]. Journal of Urban Economics,1998,43(2)：244-257.

⑥ 唐敏.行政成本难降主因.《瞭望》新闻周刊,2009,(17)：19-20.

⑦ 平新乔,白洁.中国财政分权与地方政府公共品的供给.财贸经济,2006,(2)：49-55.

除以上解释变量之外,本文还控制基本建设、社会保障、教育、医疗卫生支出的影响。这一做法有两方面的含义:①地方政府出于竞争压力[①]或寻租动力[②],对基本建设支出存在强烈的偏好。同时,在我国公共财政体制改革目标导向下,或者源于化解社会矛盾的压力,基本建设、社会保障、教育、医疗卫生也是地方政府需要加大投入的重点领域。所以,基本建设、社会保障、教育、医疗卫生等支出与行政管理支出应该存在明显的竞争关系。②由于模型可能存在内生性问题,而本文又无法找到合适的工具变量进行检验,所以采用 OLS 估计方法。内生性问题产生的一个重要原因是遗漏变量造成的,其回归结果可能是有偏的,所以本文采用引入间接控制变量解决可能的遗漏变量导致的内生性问题。至于变量衡量指标的选择,由于实践中地方政府在财政支出结构上存在"重基本建设、轻人力资本投资和公共服务"的偏好,[③]所以用基本建设支出现状衡量其与行政管理支出的竞争效应。对于社会保障、教育、医疗卫生支出,现阶段存在支出总量不足而且严重向城市倾斜的现实,广大农村地区投入严重不足,在公共财政体制改革和公共服务均等化的背景下,用这几类支出的现状衡量意义不大,效果肯定不明显。所以,本文用现阶段地方政府社会保障、教育、医疗卫生的支出压力衡量它们与行政管理支出的竞争效应。

(二)模型的选择及估计结果

1. 模型选择和检验

对于面板数据回归模型的选择,根据 F 检验和 LM 检验确定与混合回归模型相比,面板模型更加适合。同时,根据 Hausman 检验表明固定效应模型与随机效应模型的估计系数没有系统性差异,应该选择固定效应模型。但模型中可能还存在异方差及自相关问题,导致估计结果发生偏误。LR 检验和 Wald 检验都表明存在组间异方差。Wooldridge 检验表明存在组内一阶自相关。Pesaran 检验、Friedman 检验和 Frees 检验都表明存在组间截面相关。所以,最后选择可行的广义最小二乘法(FGLS)进行估计,并控制选择残差的异方差、组内相关性和组间相关性。

表 2　模型选择及检验结果

检验目的	检验类型	检验结果
Ols 或 Fe 模型	F 检验[(1)]	$F(29,228)=13.14$；$Prob>F=0.0000$
Ols 或 Re 模型	LM 检验	$chi2(1)=187.08$；$Prob>chi2=0.0000$
Fe 或 Re 模型	Hausman 检验[(2)]	$chi2(12)=117.35$；$Prob>chi2=0.0000$
组间异方差	LR 检验	$LR\ chi2(29)=114.74$；$Prob>chi2=0.0000$
	Wald 检验	$chi2(30)=4628.66$；$Prob>chi2=0.0000$
组内自相关	Wooldridge 检验	$F(1,29)=61.895$；$Prob>F=0.0000$

---

①　张军,高远,傅勇,等. 中国为什么拥有了良好的基础设施?.经济研究,2007,(3):4-19.

②　Mauro P. Corruption and the Composition of Government Expenditure[J]. Journal of Public Economics, 1998,69(2):263-279.

③　傅勇,张晏. 中国式分权与财政支出结构偏向:为增长而竞争的代价.管理世界,2007,(3):4-12.

续表

检 验 目 的	检 验 类 型	检 验 结 果
组间截面相关	Pesaran 检验	Cross sectional independence＝11.690,Prob＝0.0000
	Friedman 检验	Cross sectional independence＝48.222,Prob＝0.0139
	Frees 检验	Cross sectional independence＝2.233,Prob＜0.01

注：(1)在 F 检验过程中，由于未使用聚类稳健的标准差，普通标准差大约只是聚类稳健标准差的一半，故此 F 检验值并不有效。尽管如此，由于 P 值很小，为 0.0000，故即使按聚类标准差计算 F 值，大致也能拒绝原假设。进一步用最小二乘虚拟变量模型进行估计，发现大部分个体虚拟变量很显著(P 值为 0.0000)，可以放心地拒绝"所有个体虚拟变量都为 0"的原假设，即认为存在个体效应，不应使用混合回归(估计结果省略)。(2)传统的 Hausman 检验假定，在原假设 H_0 成立的情况下，随机效应模型是最有效率的，意味着代表个体异质性的截距项 u_i 和随个体与时间而改变的扰动项 ε_{it} 是独立的。因此，如果聚类稳健标准差与普通标准差相差较大，传统的 Hausman 检验不适用。本文进行辅助回归与检验得出此结果(辅助回归省略)。

2. 模型估计结果分析

表 3 模型估计结果

	Ols_robust	Re_robust	Fe_robust	FGLS
lnczfq	0.444 ***	0.313 ***	0.214 ***	0.365 ***
	(6.80)	(5.06)	(2.96)	(12.75)
lnxzry	0.295 ***	0.169 ***	0.0528	0.168 ***
	(5.12)	(3.11)	(1.09)	(5.28)
lngdp	−0.0998 **	−0.0730	−0.0961 **	−0.0926 ***
	(−2.15)	(−1.63)	(−2.48)	(−4.22)
lnczsr	−0.0311	−0.0674	−0.0737	−0.136 ***
	(−0.55)	(−0.78)	(−0.60)	(−4.44)
lnysw	0.000955	0.0287	0.0288	−0.0288 *
	(0.02)	(0.73)	(0.81)	(−1.65)
lncsh	0.0723	−0.106	−0.00674	−0.0696
	(0.70)	(−1.10)	(−0.04)	(−1.45)
lnsch	0.0944	0.144 **	0.0785	0.114 ***
	(1.18)	(2.16)	(1.46)	(3.37)
lnrkmd	−0.0848 ***	−0.0671 ***	0.279	−0.0695 ***
	(−6.30)	(−3.81)	(1.33)	(−8.52)
lnjbjs	−0.129 ***	−0.100 ***	−0.0995 ***	−0.0665 ***
	(−5.20)	(−3.83)	(−3.61)	(−5.34)
lnshbz	0.0653 *	0.0328	0.0423 ***	0.0269 **
	(1.83)	(1.57)	(2.96)	(2.37)
lnjyzc	0.0181	−0.127 ***	−0.193 ***	−0.107 ***
	(0.28)	(−2.78)	(−3.62)	(−3.62)
lnylzc	−0.110 *	−0.0753	0.186 *	−0.0953 ***
	(−1.89)	(−1.07)	(2.04)	(−2.60)

续表

	Ols_robust	Re_robust	Fe_robust	FGLS
_cons	1.864***	3.047***	1.213	3.152***
	(3.69)	(5.12)	(0.90)	(11.54)
R^2	0.7538	0.3663	0.4388	
N	270	270	270	270

*、**、*** 分别表示在 10%、5%、1% 水平上显著。

注：(1)系数下方的值是标准差。(2)由于面板数据的特点，虽然通常可以假设不同个体之间的扰动项相互独立，但同一个体在不同时期的扰动项之间往往存在自相关。普通标准差的估计方法假设扰动项为独立同分布的，其估计结果并不准确。故本文的混合回归模型、固定效应模型、随机效应模型都选择以"省份"为聚类变量的聚类稳健标准差进行回归，同一聚类(省份)的观测值允许存在相关性，不同聚类(省份)的观测值则不相关。(3)Fe 和 Re 模型的 R^2 为组内(within)R^2。

根据模型的估计结果，本文得出以下结论：

财政分权与行政管理支出正相关，行政人员规模与行政管理支出正相关。说明在我国财政分权的制度环境下，虽然不同的制度安排对地方政府行为的影响存在显著的差异，但是地方政府在财政支出自由裁量权扩大时，总体效应是加大了行政管理支出规模。行政人员规模与行政管理支出水平正相关，这个结论符合我们的预期。但从以上两个变量的估计系数来看，前者影响的"经济显著性"水平远大于后者。综合来看，由于我国进行了几次以机构和人员精简为主要内容的行政机构改革，虽然改革进行的不彻底，但事实上对抑制行政管理支出膨胀有一定效果。地方政府行政管理支出的增长更多源于政府支出权力的扩大以及民众和中央政府对其行为异化缺乏强有力的约束。

经济发展水平与行政管理支出水平负相关。说明在我国以 GDP 为主要政绩的考核机制确实造成了一种反向的激励效应，经济相对落后的地方政府官员在考核晋升无望的情况下，加大与自身福利更加密切的行政管理支出，验证了 Cai 和 Treisman[1] 等的研究成果。同时，从公众掌握信息和对地方政府的约束能力出发，经济发达地区，相对的公民掌握信息能力和权利意识更加强烈，对政府行政管理支出扩张更加敏感，因此其过度扩张的可能性相对就越小。[2]

财政收入规模(预算内)与行政管理支出水平负相关，主要原因在于我国地方政府财政收入规模与经济发展水平存在显著的正相关关系(相关系数为 0.4758)，说明财力越宽松的地区，出于竞争目标，地方政府反而抑制行政管理支出的膨胀。同时，由于我国地方政府行政管理支出存在很强的刚性，在财力紧张的地区首先要满足其支出的需要。预算外财政收入规模与行政管理支出负相关。说明我国预算外支出对预算内行政管理支出存在替代效应，验证了平新乔和白洁的研究：我国预算内行政管理支出

①　Hongbin Cai, Daniel Treisman. Did Government Decentralization Cause China's Economic Miracle? [J]. World Politics, 2005, 58(4): 505-535.

②　龚锋，卢洪友. 公共支出结构、偏好匹配与财政分权. 管理世界，2009,(1): 10-21.

存在向预算外转移的趋势。[①] 但是,从估计系数来看,二者对行政管理支出水平影响的"经济显著性"水平存在明显的差异。

城市化水平和人口密度与行政管理支出水平负相关。说明我国行政管理支出存在"规模经济"效应。市场化水平与行政管理水平显著正相关,主要是由于我国的市场化改革导致"企业办社会"模式退出,客观上导致政府行政管理职能的增加。

基本建设支出的现状、教育和医疗卫生支出的压力与行政管理支出水平负相关。这个结论符合我们的预期,与以往的研究成果[②]和我国公共财政体制改革的目标相吻合;它们与行政管理支出存在显著的竞争关系。社会保障支出的压力与行政管理支出正相关。龚锋和卢洪友的解释是我国人口的老龄化对社会管理和服务提出更高的要求。[③] 结合我国的现实,一方面我国老龄人口众多,截至 2008 年年底,已经达到 1.69 亿;另一方面,城乡老龄人口出现倒置现象,而规模庞大的农村老龄人口没有纳入国家公共财政保障范围,所以对行政管理支出没有产生"挤出"效应。

3.模型稳健性检验

本文有两个关键的解释变量:一个是衡量地方政府财政分权的变量;另一个是衡量地方政府行政管理人员规模的变量。因此,考虑模型的稳定性问题,本文用地方政府本级收入占本级支出和中央政府人均支出的比重(czfq1)作为衡量财政分权的代理变量;用各地区每万人供养行政管理人员数(xzry1)作为衡量行政管理人员规模的代理变量,对以上变量采用两两组合回归的方式进行稳健性检验(结果 1、2、3)。同时,由图 1 可以看出,上海、北京和天津三个直辖市行政管理支出水平较低,或者是由于它们在中国经济和政治方面的特殊地位,可能使得三个直辖市成为研究中的异常值,故将其剔除进行模型的稳健性检验(结果 4)。对照回归结果表 4 和表 3,可以看出本文实证研究的结果具有良好的稳健性。

表 4　模型稳健性检验结果

	(1) FGLS	(2) FGLS	(3) FGLS	(4) FGLS
lnczfq		0.279***		0.372***
		(11.73)		(13.83)
lnczfq1	0.298***		0.209****	
	(10.52)		(8.09)	
lnxzry	0.157***			0.155***
	(4.63)			(4.55)
lnxzry1		0.094 0***	0.090 6**	
		(3.48)	(3.17)	
lngdp	−0.118***	−0.042 3**	−0.072 4***	−0.072 2***
	(−5.16)	(−2.14)	(−3.91)	(−3.23)

① 平新乔,白洁.中国财政分权与地方政府公共品的供给.财贸经济,2006,(2):49-55.
② 王贤彬,徐现祥.转型期的政治激励、财政分权与地方官员经济行为.南开经济研究,2009,(2):58-78.
③ 龚锋,卢洪友.公共支出结构、偏好匹配与财政分权.管理世界,2009,(1):10-21.

续表

	(1) FGLS	(2) FGLS	(3) FGLS	(4) FGLS
lnczsr	−0.117***	−0.080 9***	−0.088 6***	−0.104***
	(−3.73)	(−3.31)	(−3.42)	(−2.91)
lnysw	−0.010 0	−0.012 1	0.001 53	−0.044 4**
	(−0.55)	(−0.69)	(0.08)	(−2.32)
lncsh	−0.121**	−0.188***	−0.199***	−0.047 4
	(−2.42)	(−4.87)	(−4.78)	(−0.94)
lnsch	0.138***	0.102***	0.120***	0.052 0
	(3.75)	(2.97)	(3.33)	(1.34)
lnrkmd	−0.045 2***	−0.064 6***	−0.042 0***	−0.054 0***
	(−6.65)	(−9.43)	(−6.88)	(−6.14)
lnshbz	0.000 685	0.031 8***	0.009 72	0.030 1**
	(0.06)	(2.76)	(0.81)	(2.52)
lnjbjs	−0.076 2***	−0.069 0***	−0.077 7***	−0.038 0***
	(−6.01)	(−5.64)	(−6.29)	(−2.91)
lnjyzc	−0.123***	−0.108***	−0.136***	−0.081 3**
	(−3.78)	(−4.15)	(−4.63)	(−2.54)
lnylzc	−0.156***	−0.254***	−0.274***	−0.097 9***
	(−4.10)	(−7.83)	(−7.40)	(−2.75)
_cons	3.995***	3.851***	4.531***	2.891***
	(14.38)	(17.89)	(19.24)	(10.36)
N	270	270	270	243

*、**、*** 分别表示在 10%、5%、1% 水平上显著。

注：系数下方的值是标准差。

四、简要结论和政策建议

本文在规范分析的基础上，运用 1998—2006 年我国 30 个省（直辖市、自治区）的面板数据实证研究了财政分权、行政人员规模等变量对地方政府行政管理支出水平的影响，并进行了稳健性检验。综合本文的研究得出以下结论：

由于我国财政分权模式的特殊性，财政分权变量与地方政府行政管理支出水平显著正相关。同时，行政人员规模也是影响地方政府行政管理支出水平的重要变量，但是前者影响的"经济显著性"水平远大于后者。从控制行政管理支出膨胀的手段看：在继续加大行政机构改革和人员精简的同时，重点采取措施加强对地方政府及官员行为的约束，防范地方政府在行政人员规模受控的背景下由于支出权限的扩大而导致行政管理支出的膨胀。

经济发展水平和政府筹集财力水平（预算内和预算外）与地方政府行政管理支出水平显著负相关。从控制行政管理支出膨胀的手段看：应该在大力发展经济的同时，变革中央政府对地方政府的考核机制；在防止形成一种反向激励效应的同时，加强对经济相对落后地区的监管。由于预算内、外收入对行政管理支出增长的抑制效应存在显著差异，应创造条件将预算外资金纳入预算内管理，同时防范预算内行政管理支出向预算外转移。

由于"规模经济"效应，城市化水平和人口密度的提高都与地方政府行政管理支出水平负相关。我国的市场化改革导致"企业办社会"模式退出，客观上引起行政管理支出的增长。但是随着改革的逐步完成，其影响应该会消退。从治理行政管理支出膨胀视角出发，应该继续加大我国的城市化进程，在广大农村地区加快小城镇建设的步伐。

地方政府基本建设支出的现状和基础教育、医疗卫生支出的压力都与地方政府行政管理支出水平负相关。现阶段社会保障支出对行政管理支出还没有产生竞争效应。从抑制行政管理支出膨胀视角看，要防止地方政府将基本建设支出变成其政绩显示和贪污腐败的工具，导致隐性的行政费用增加。同时，加大公共财政体制改革的力度，继续加大对教育、医疗卫生等的投入力度，特别是建立覆盖广大农村地区的社会保障体系。

What Effect Did Fiscal Decentralization Have on Government Administrative Expenses: Inhibition or Stimulation?

Jiang Kezhong

Abstract: Government administrative expenses are characterized by dual attributes: too much spending is harmful to economic growth and they put local government in a disadvantaged competitive position; and they are not conductive to the promotion of officials, in terms of the central government's macro-policy objectives, but local government officials can improve their economic well-being. In China's institutional environment, local government officials face a dilemma with respect to administrative expenses. This paper uses 1998 to 2006 panel data from China's 30 provinces (autonomous regions and municipalities) to conduct an empirical analysis and to test the robustness of the data. The main conclusions include: the scale of fiscal decentralization and administrative staffing are the two key variables that affect administrative expenses, but the "economic significance" of the former is greater than that of the latter. The level of economic development, resource endowments, and the social structure has a substantial impact on local government administrative expenses. In the context of public finance reform, there is significant competition between public expenditure items (except for social security payments) and administrative expenses.

Key Words: Fiscal Decentralization; Administrative Expenses; Government Competition

评 论

试论比较政治经济学的非意识形态性及其在我国发展的现实意义

张严冰*

提　要：英国甘布尔教授提出一个理解西方古典政治经济学的思路，即古典理论实际上大都隐含着三种自成体系但又相互联系的话语，包括政策话语或实践话语、理想话语、科学话语。本文尝试对西方新政治经济学，大体包括比较政治经济学、国际政治经济学、新古典政治经济学，根据此三种不同的话语进行解析，并讨论比较政治经济学在我国发展的现实意义。首先，笔者简单地评介甘布尔关于古典政治经济学具有三种话语的观点，引入意识形态的概念；其次，在第二部分尝试把新政治经济学解构成三种话语并分析它们的意识形态性；最后，从三个角度分析比较政治经济学在中国发展的现实意义。

关键词：比较政治经济学　新政治经济学　意识形态

一、引言：比较政治经济学的视野

马克思说，每个社会人都是进入到一个预先已经存在的，其自身无法选择的历史进程中。这个历史进程被社会结构中几个主要力量所左右，这几个力量包括生产力（也就是我们现在所说的科学技术）、生产关系和上层建筑（也就是我们现在说的经济、政治、法律制度）、意识形态[①]。在现存的各种制度之中，对当前人类生活影响最大的，而且放之四海而适用的是主权国家和市场经济这两大制度。

这两大制度经历了几百年的历史发展进程，直到"冷战"结束后才在全球确立起来。简言之，1648 年的《威斯特伐利亚条约》首先确立了主权国家这一政治理念并首先在西欧被制度化，后来 1776 年美国独立，19 世纪上半叶拉美国家独立，19 世纪中后叶德国、意大利建国，"一战"后奥匈帝国和奥斯曼帝国解体而形成一些主权国家，"二

---
* 清华大学公共管理学院。通信地址：清华大学公共管理学院伍舜德楼 318 室，100084。手机：13810780557。E-mail：zhangyanbing@tsinghua. edu. cn。
　① Marx Karl. A Contribution to the Critique of Political Economy. available at：http://www. marxists. org/archive/marx/works/1859/critique-pol-economy/preface. htm.

战"后欧洲殖民体系解体而形成一些主权国家,"冷战"结束后苏东社会主义阵营解体又形成20多个国家。目前,全世界共有224个国家和地区,其中被联合国承认的有193个。国家是目前人类政治生活最主要的组织方式,也是从全球的视角来看,每个人首要的政治标识。现代市场经济制度何时起源是个非常有争议的问题,当然这样的制度为什么首先在西欧出现争议就更大了。市场经济在全球的扩张曾经在20世纪遇到传统社会主义计划经济的抵制,但是在后"冷战"时代,这样的一种人类经济生活组织方式已经被全人类广泛接受了。人类现在主要是生活在主权国家和市场经济两大制度、支撑它们的意识形态和它们创造的物质文明之中。

国家和市场是两个抽象的概念,当然,它们属于已经被付诸实践的、被制度化的概念。如果我们停留在这两个抽象概念上,讨论"普遍意义"上的国家和市场理论,我们就进入了关注"国家"的政治学和国际关系学,关注"市场"的新古典政治经济学,以及关注国家与市场关系或"政府与市场关系"的政治经济学。当我们带着"普遍意义"上的国家和市场理论工具走入现实、考察实际运作的国家和市场时,我们会迅速发现各国的政治制度、政府与市场关系、政府的发展战略及其相应的经济、金融、社会、科技政策、市场主体也就是现代企业的治理模式,其实是千差万别的,而当我们进行这种跨国比较时,我们就进入比较政治学和比较政治经济学。

本文主要从知识论的视角反思比较政治经济学。笔者的核心论点是,相对于具有强烈意识形态色彩的古典政治经济学和新古典政治经济学而言,比较政治经济学具有一种非意识形态性。本文首先从古典政治经济学和新古典政治经济学的意识形态性谈起,然后讨论比较政治经济学的不同之处,最后回到中国的现实,说明在中文的学术语境中发展比较政治经济学的现实意义。

二、古典政治经济学的三种话语与政治意识形态

西方新政治经济学(大体上包括比较政治经济学、国际政治经济学和可以被单独讨论的新古典政治经济学①)发展过程中的重要事件之一是《新政治经济学》杂志在1996年的创刊。配合该刊发行,刊物主编、现任剑桥大学政治学系主任的安德鲁·甘布尔教授在《政治研究》上发表《新政治经济学》②一文,对于西方古典政治经济学向新政治经济学的演化进行了概述。文中,甘布尔提出这样一个理解西方古典政治经济学的思路:古典理论实际上大都隐含着三种自成体系但又相互联系的话语。他说:"在政治经济学中一直存在着三种核心话语:一种关于政策的实践话语,关注采用最好的手段调节且促进财富创造,并同时最大化财政收入;一种理想的话语,关注理想的国家与经济的关系应该如何处理;一种科学的(或者实证的、经验的)话语,关注把政治经济理解为一种社会系统是如何实际运转的。这三种话语紧密地联系在一起,虽然人

---

① 比较政治经济学和国际政治经济学都可以涵盖新古典政治经济学,但是考虑新古典政治经济学的强烈的意识形态色彩,它可以被单独讨论。

② Gamble Andrew. The New Political Economy. Political Studies,1995,(3).

们经常尝试把这三种话语分割开来,但这相当的困难。"

如果把甘布尔关于古典政治经济学的描述和海伍德关于政治意识形态的定义[①]进行一下对比,我们会清晰地发现,在甘布尔看来,古典政治经济学和政治意识形态没有什么区别。在甘布尔作序的书中,海伍德这样定义意识形态:"意识形态是指一种多少稳定的和连贯的思想,它们为有组织的政治行动提供基础,不管这些政治行动是为了捍卫、改革还是推翻现存的权力体系。所有的意识形态都因此具有这样的特征:(a)提供对现存秩序的描述,通常从世界观的角度;(b)构思出美妙前景,一种对美好社会的描述;(c)解释政治变迁能够并且如何实现这种美妙前景,即如何从(a)到(b)。"[②]

甘布尔所说的古典政治经济学的"科学话语"实际上是海伍德关于意识形态定义中的(a)部分;"理想话语"是(b)部分;"实践话语"是(c)部分。比如说,古典自由主义的"科学话语"或(a)部分是关于国家的各种政策限制了资本主义发展的描述;"理想话语"或(b)部分是关于一个自由竞争的市场经济如何能促进国民财富增长的展望,最著名的论断当然是亚当·斯密的"看不见的手"和大卫·李嘉图的"比较优势";"实践话语"或(c)部分是关于如何调节国家的政策以实现自由市场,简而言之就是不干预。再比如说,经典马克思主义的"科学话语"或(a)部分是关人类社会整体发展特别是资本主义社会矛盾的描述;"理想话语"或(b)部分是对共产主义社会美好生活的展望;"实践话语"或(c)部分是关于如何通过无产阶级革命和无产阶级专政实现社会主义并最终实现共产主义[③]。

把古典政治经济学的各种理论当做政治意识形态理解其实并不新颖,马克思早就把古典政治经济学贴上资产阶级的意识形态的标签[④]。列宁也公开承认马克思主义就是无产阶级的意识形态[⑤]。时至今日,这些古典政治经济学理论仍然被学者们津津乐道,恰恰是因为它们曾经或仍然和政治实践、政治权力进行亲密接触。如后现代主义的代表人物福柯所言,所谓的知识永远和权力联系在一起[⑥]。我们经常避免用意识形态这个概念描述各种各样政治经济理论的原因可能有两个:一是作为社会科学工作者,我们力图追求社会科学的科学化;二是在过去的 200 年中,意识形态被赋予浓厚的政治色彩和消极含义。今天,这两个原因其实都已经不能被称之为原因了。首

---

　　① 关于意识形态的定义很多,但笔者认为海伍德的定义简单、清晰、实用,并且概括了意识形态的几个关键要素。

　　② Heywood Andrew. Political Ideologies：an Introduction. Basingstoke：Palgrave Macmillan,2003.

　　③ 关于古典自由主义和马克思主义,见 Caporaso 和 Levine 的 Theories of Politial economy 第 2、3 章。Caporaso James A, Levine David P. Theories of political economy. New York：Cambridge,Cambridge University Press：1992.

　　④ Marx Karl, Engels Frederick. The German Ideology. available at http://www. marxists. org/archive/marx/works/1845/german-ideology/ch01b. htm.

　　⑤ Lenin V I. (1902), What Is To Be Done?. available at http://www. marxists. org/archive/lenin/works/1901/witbd/ii. htm#v05fl61h-373-GUESS.

　　⑥ Foucault Michel. Power：Essential Works of Michel Foucault 1954—1984 v. 3. London，Penguin Books,2002.

先,随着托马斯·库恩关于科学就是各种理论范式的观点①已经深入人心,科学已经没有过去所具有的积极的、神圣的意义了;其次,研究意识形态的政治理论家们发现,其实意识形态一词经常在中性意义上,而非消极意义上被使用。比如说,列宁就说无产阶级要有自己的意识形态。哈耶克也说,一切社会的基础是它的意识形态②。中国共产党人也常说,要保持和巩固马克思主义在意识形态领域中的指导地位。在以上这些语境中,意识形态显然不是在消极意义上被使用。

意识形态概念向中性意义上的回归开辟了当代西方政治理论中的意识形态分析③。这里没有足够的篇幅介绍复杂的意识形态分析理论,笔者只能引用这方面的集大成者、剑桥大学的斯金纳教授的一个判断介绍意识形态的分析功能,那就是:"如果我们把所有的政治理论当做政治意识形态来理解时,我们就能更清晰地发现政治理论和政治实践之间的关系。"④当然,在这里需要强调的是,从政治学的角度看,古典政治经济学只不过是政治理论的一种,关注国家和经济的互动,意识形态理论也适用于对它的分析。

如果以上讨论可以被接受,也就是说,古典政治经济学各种理论可以被分成三种不同的话语,而且当这些理论被看做一个整体时,它们可以被理解成政治意识形态,那么我们就可以以此为起点讨论一下新政治经济学。

三、对新政治经济学的意识形态性考察

关于古典政治经济学指代什么,或者说,哪些作品可以被归纳其中,它们的基本观点是什么,基本上是没有什么争议的。但是当我们讨论什么是新政治经济学时,分歧就出现了。在美国社会科学界,新政治经济学可能主要是指和新古典经济学密切相关的新古典政治经济学,是新古典经济学向政治学领域的渗透,是经济学帝国主义的一种表现。但以甘布尔为代表的一些英国学者对新政治经济学的理解却远比新古典政治经济学宽广得多。在他看来,新政治经济学应该包括国际政治经济学、国家理论和政府与产业关系(后两种可统称为比较政治经济学),当然也包括新古典政治经济学。这样的话,其实我们就面对两种新政治经济学,一种狭义的;一种广义的。其中,广义的包括狭义的。

新政治经济学对于我国来说是舶来品,而我国学者对于新政治经济学的理解可以被分为两种,一种是以汪丁丁和杨龙为代表,将新政治经济学主要界定为新古典政治

① Kuhn Thomas S. The Structure of Scientific Revolutions. Chicago, London: University of Chicago Press,1970.

② Hayek Friedrich A. von. The Constitution of Liberty. London: Routledge & Kegan Paul,1960.

③ 关于意识形态的简单介绍,见 Freeden, Michael. Ideology: A Very Short Introduction. Oxford: Oxford University Press,2003.

④ Skinner Quentin. The Foundations of Modern Political Thought. Cambridge: Cambridge University Press, pxiii,1928.

经济学或公共选择学派①；另一种以陈振明、黄新华、方福前为代表，采用广义的定义②。

　　我们应该认识到，狭义的新政治经济学和广义的新政治经济学中其他部分其实存在明显的区别。前者以理性的个人为其理论的出发点，或者说是方法论上的个人主义，而后者更多地从分析国际和国内政治经济结构入手。因此，我们最好还是把狭义的政治经济学和广义的新政治经济学中其他部分分开讨论。为了便于行文，以下把广义的新政治经济学中的非狭义部分（比较政治经济学和国际政治经济学）称为广义的，以便于区分狭义的新政治经济学（新古典政治经济学或公共选择学派）。下面就分析一下广义的新政治经济学和狭义的新政治经济学是不是也可以被解构成三种话语以及其意识形态性。

　　狭义的新政治经济学意识形态色彩是浓厚的。其实，正如大家所共知的，作为新自由主义的一支，公共选择学派也的确影响了西方自 20 世纪 80 年代开始的政治经济改革③。以布坎南为代表的公共选择学派的"科学话语"或者政治意识形态中的（a）部分本质上是对西方现行自由民主制度的一种反思和批评。当然，他们的这种批评和马克思那种颠覆性质的批评是不同的。公共选择学派没有撼动自由民主制度中的基石，也就是在洛克的《政府论》中就形成的权利、自由、有限政府这些自由主义意识形态中的核心价值。相反，他们关于人的"理性"和"自利"的基本假设反而强化了这些核心概念。

　　这是个复杂的历史现象。波兰尼④和诺斯⑤的著作都告诉我们，以英国为代表，现代市场经济是一种政治产物，用吉尔平的话说，研究市场经济运行的新古典经济学本质上是一种政治自由主义⑥。这一点可以从新古典经济学的起源看出来。一般认为，新古典经济学在 1870 年左右发生"边际革命"后继承了古典政治经济学的衣钵，从而变成独立的经济学。而新古典经济学和古典政治经济学最大的区别就在于前者用"主观效用论"取代了后者的"客观价值论"⑦，主要是劳动价值论。之所以个人的"主观效用"可以成为研究市场经济运行的新古典经济学的基石，是因为有限政府和私有产权的确立使国家与市民社会一分为二，而市场经济是市民社会的一种自我组织形式。人

---

　　①　杨龙.从政治经济学到新政治经济学——西方政治经济理论的演变.哈尔滨工业大学学报：社会科学版，2000,(1).汪丁丁.试述新政治经济学的三个维度.北京大学学报：哲学社会科学版,2005,(6).汪丁丁.中国的新政治经济学的可能依据——行为和意义的综合视角.社会科学战线,2004,(3).

　　②　陈振明,黄新华.政治经济学的复兴——西方"新政治经济学"的兴起、主题与意义.厦门大学学报：哲学社会科学版,2004,(1).黄新华.当代西方"新政治经济学"的兴起——论西方政治经济学的演进与新发展.天津社会科学,2005,(1).黄新华.当代西方新政治经济学.上海：人民出版社,2008.方福前.西方新政治经济学述评.教学与研究,1999,(3).

　　③　关于国内对于新自由主义的批评.见何秉孟.新自由主义评析.北京：社会科学文献出版社,2004.

　　④　Polanyi Karl. The Great Transformation. New York：Octagon Books,1975.

　　⑤　North Douglass C,Thomas Robert Paul The Rise of the Western World：A New Economic History,Cambridge：Cambridge UP,1976. North Douglass C. Structure and Change in Economic History. New York：Norton,1981.

　　⑥　Gilpin Robert. Global Political Economy：Understanding the International Economic Order. Princeton：Princeton University Press,2001.

　　⑦　Caporaso James A,Levine David P. Theories of political economy. New York：Cambridge, Cambridge University Press,1992：pp.79-81.

有了人权,主要包括生命、财产和自由,他的理性才能发挥作用,他的"主观效用"才得到重视;国家与市民社会一分为二后,市场经济才可以被独立的研究。信奉市场经济和新古典经济学的人一般来说都是政治自由主义者,因为政治上的自由主义是市场经济和新古典经济学存在的前提。

从这个意义上讲,没有什么纯经济学存在,新古典经济学就是新古典政治经济学,只不过它的政治前提隐含不讲而已。或者说,从比较政治经济学的视角,新古典政治经济学只是一种分析问题的视角或在讨论一种政治经济模式,也就是英美模式或者盎格鲁-撒克逊模式。本来新古典经济学是政治自由主义在经济领域的延续,政治自由主义就隐含其中,可是到了20世纪下半期,从新古典经济学出发的公共选择学派反过来推导政治问题,推出来的还是政治自由主义,并用经济学更加捍卫了自由主义。

那么,为什么说新古典政治经济学或公共选择学派是对西方自由民主制度的一种反思和批评呢?如上所述,它们攻击的当然不会是自由,这是它们的基本假设,它们攻击的其实是西方实践中的民主。它们从理性人的假设出发,得出的结论是卢梭的"公意"不可能通过密尔的"代议制民主"解决,因为选民、政治家、政党都是自私的,在代议制民主的制度框架下,整个社会的公共利益是无法得到真正保证的。阿罗的"不可能定律"[①]和布坎南的"一致的计算"[②]都是要论证这一点。那么,从阿罗和布坎南的著作中能推导出来的自然而然的是有限政府和消极自由。在公共利益无法真正实现、政府失灵的情况下,政府当然是越小越好,它对于经济和社会的干预越少越好。当然,从作品产生的时代背景来看,阿罗和布坎南主要挑战的是主张国家干预的凯恩斯主义,不过他们对于代议制民主的反思影响可能更深远。布坎南的后期作品开始关注宪政,这和他前期对于政府失灵的研究是一以贯之的,如果民主无法完全实现公意,那么利用宪法规范政府的行为就成为必须。这和哈耶克晚年的思想如出一辙。由此可见,"有限政府"和"最小化国家"就是公共选择学派的"理想话语",而它的"实践话语"就是政府应该尽量从市民社会和市场经济中退出去。

国际政治经济学和比较政治经济学都涵盖新古典政治经济学,但是作为整体而言,和新古典政治经济学就有很大的不同了。其最大特点就在于其为我们提供了一种多元的视角。国际政治经济学主要从国际层面向我们展示世界的复杂性,以及由于这种复杂性所导致的人们对于国际政治经济现象的不同理论总结。从一开始,国际政治经济学就把从古典政治经济学时代就存在的三大意识形态,既自由主义、马克思主义或社会主义、现实主义或国家主义全部都归到自己的理论研究范畴之中[③]。立足三种

① Arrow Kenneth. Social Choice and Individual Values. New Haven, Conn. : Yale UP,1951.

② Buchanan James, Gordon Tullock. The Calculus of Consent. Ann Arbor: University of Michigan Press, 1962.

③ Gilpin Robert, Gilpin Jean M. The Political Economy of International Relations. Princeton, N. J. : Princeton University Press, 1987. Gill Stephen, Law, David. The Global Political Economy: Perspectives, Problems, and Policies. Baltimore: Johns Hopkins University Press,1988. Strange Susan. States and Markets. London: Pinter Balaam David N, Veseth Michael. Introduction to International Political Economy. Upper Saddle River, N. J. ; London: Prentice Hall ,2001.

主义,我们可以看到三个不同的世界。但这三种主义又都有一个共同点,就是它们都是超越传统的国际关系、政治学、经济学的学科分科,或者说它们各自有自己的一套国际关系、政治学、经济学理论。其实,这恰恰是国际政治经济学最初提倡者们的初衷,即要打破传统的国际关系、政治学、经济学的分割。他们实现这一目的的手段是同时列出三大意识形态实现一种新的知识组合。这样的知识组合使得学习国家政治经济学的学生一进入这个领域就从自己原有的意识形态中得到一定程度解放,达到斯金纳所说的除魔的状态①。在打破传统学科界限和非意识形态性这两点上,比较政治经济学和国际政治经济学是异曲同工的。

如上所述,新古典经济学和新古典政治经济学本质上都是在讨论英、美的发展模式,或者说这些学说都是盎格鲁-撒克逊资本主义模式的意识形态。当然,由于英国和美国相继成为世界霸权国家、它们的发展模式成为其他国家学习的榜样,以及英语成为世界性语言,这些学说往往带有"普遍主义"色彩。更为重要的是,"冷战"结束后,由美国控制的国际组织如国际货币基金组织和世界银行更是在全世界竭力推销这种发展模式,也就是新自由主义或"华盛顿共识",这使得这些学说的"普遍意义"更加浓厚。但比较政治经济学恰恰是要打破这种带有"普遍意义"的意识形态,向我们展示的是各个国家的发展模式是不同的,国家和经济或政府和市场之间有多种多样的组合方式,这些组合是如何受各个不同国家历史、传统和文化、国际环境的影响,以及这样发展模式组合一旦形成之后(其实这就是结构和制度),它们又如何影响各国进一步的发展②。

当我们摆脱这些带有"普遍主义"的学说而进入到比较政治经济学领域,我们可以清晰地发现,其实仅仅观察世界上几个主要的国家,就可以发现各国的发展模式差异巨大。比如,不同于英、美的以证券市场为主体的金融系统,法国、德国、日本、中国都是以银行为主体的金融系统推动经济发展;再比如,西欧国家的福利体制与美国差别巨大;还有,以日本为代表的东亚模式或发展型国家强调国家制定工业政策的重要性,但英美模式在理论上是强调企业的自由竞争,反对国家干预的。如果我们把比较的视角扩大到拉美、非洲、前苏东社会主义国家、穆斯林世界,各国的发展模式就更是千差万别了。

国际政治经济学和比较政治经济学的这种多元的视角使得它们呈现出一种可以被称为"非意识形态性"的特点。或者说,作为一个整体,我们无法从中归纳出"理想话语"或政治意识形态中的(b)部分,以及"实践话语"或政治意识形态中的(c)部分。它们没有给我们勾画出一个理想的世界,更没有给我们提供什么政治上行动的指南。换言之,国际政治经济学和比较政治经济学主要是"科学话语",包括对于传统学科分工

① Skinner Quentin. Visions of Politics. Cambridge:Cambridge University Press,2002:6.

② 比如,Peter Katzenstein, ed. (1978), Between Power and Plenty:Foreign Economic Policies of Advanced Industrial States, Madison:University of Wisconsin Press. David Coates (2000), Models of Capitalism, London:Polity. Hall, Peter A. Soskice, David, ed. (2001), Varieties of Capitalism:The Institutional Foundations of Comparative Advantage, Oxford:Oxford UP. Lane, Jan-Erik and Ersson, Svante (1997), Comparative Political Economy:a Developmental Approach, London:Washington:Pinter.

的批评、各种各样理论的介绍以及对于现实政治经济关系的描述。我们在其中看到的更多的是分歧和差异，而不是固定的思维或意识形态。

四、比较政治经济学在中国发展的现实意义

在上面提到的各种学科和学说中，比较政治学、古典政治经济学、新古典经济学、新古典政治经济学或公共选择学派自改革开放以来都已经在中文语境中有了大量的介绍。国际政治经济学自 20 世纪 90 年代引入中国以来也有了很大的发展，但比较政治经济学在中国却只处于刚刚起步阶段。而比较政治经济学在中国的发展却有着巨大的现实意义，原因大体如下：

首先，具有"非意识形态性"的比较政治经济学的发展有助于我们摆脱带有"普遍主义"色彩的新古典经济学和政治经济学的意识形态干扰。毋庸讳言，改革开放以来，新古典经济学和政治经济学披着"真理"的外衣蔓延到我国的意识形态领域，并被一些人所接受。如上所述，古典政治经济学和新古典政治经济学本质上是英美政治经济模式的意识形态，笔者无意否认英美模式的某些长处，并认为我国应保持开放的心态努力学习，比如其法治精神和创新意识。但是我国自身悠久的历史传统和现行政治制度从根本上否定了我们照搬照抄的可能性。此次国际金融危机更清晰地向我们表明，英美模式，特别是当前的美国模式是无法被任何其他国家复制的，至少世界上没有任何一个其他国家能像美国一样通过自己开动印钞机让全世界为自己的债务埋单。对于各国有不同发展道路的认识是保持我国独立自主发展道路的重要思想保障，也是"中国模式"或"中国经验"可能被认可的前提。

其次，改革开放 30 年，我国对于美、日及欧洲各发达国家"学习模仿有余，而独立研究不足"，对于世界其他国家和地区的研究更显得非常贫瘠。如果中文语境中没有一套独立的关于世界的知识体系，很难设想我国可以"立足亚太，放眼全球"，更快更好地实施"走出去"战略。比较政治经济学在中文语境中的发展可以加快我国关于世界各国政治、经济、社会情况和国际问题的知识体系建设，为对外政策制定提供知识保障。

最后，我国自身的迅速发展已经使我们积极参与全球治理成为必然之势。无论是 G2 概念的提出还是 G20 的迅速发展都是这一趋势的体现。如果没有一套以比较政治经济学为依托的、反映世界各国情况的知识体系，我们就很难发展出一套独立的全球治理理论体系。美国在"二战"后逐渐确立起全球霸权地位，但关于全球应该如何被治理的理论在"一战"后威尔逊总统的"十四点和平计划"中就已经露出端倪。机会永远是给有准备的人准备的。如果没有一套以我为主的理论体系为依托，短期来看，我国很难在全球治理的议程设定方面掌握话语权。长期来看，我国也无法具备成为全球领导者的能力。"周虽旧邦，其命维新"。如果我们可以提出全新的全球治理理论体系，保守地讲，可以和西方争夺话语权，拓展我们的外交空间；进一步讲，当机会来临时，可取而代之，为全人类做出更大的贡献。

The Non-ideological Nature of the Practical Significance of Comparative Political Economy in China's Development

Zhang Yanbing

Abstract: Professor Gamble in the UK proposes an understanding of Western ideas of classical political economy, involving three self-contained but related words-practical or policy discourse, ideal discourse, and scientific discourse. This article discusses the comparative political economy of the Western new political economy, general comparative politics, including economics, international political economy, and neo-classical political economy, and determines the significance of comparative political economy in Chinese development. First, the article reviews Gamble's perspective on classical political economy based on the introduction of the concept of ideology. The article then attempts to deconstruct the new political economy into three types of discourse and ideology. Finally, the article analyzes its practical significance to Chinese development.

Key Words: Comparative Political Economy; Ideology of the New Political Economy

对我国电子监督创新实践的初步研究

任建明*

摘 要：利用信息技术手段开展腐败预防或电子监督实践是我国近些年来出现的一股浪潮，甚至创出了为数不多国际领先品牌。本文采用案例研究的方法，以海关系统的金关工程、深圳市和青岛市的电子监察系统为主要案例进行总结研究，对信息技术手段预防腐败的机理和优势进行分析和提炼，并基于这些见解对未来深化实践提出三项政策建议：①要在提升电子监督的科学化水平上下功夫，切忌好大喜功和形式主义；②中央政府应及早介入，推动电子监督实践试点的完善，并适时在全国进行推广和普及；③适时地深化我国监督体制的改革。

关键词：腐败预防 电子监察 技术预防 电子监督

最近一些年来，我国不少地方和部门出现了一股利用信息技术手段大力开展腐败预防创新实践的浪潮。这类创新实践不仅对于提升我国治理腐败水平发挥了积极的、较大的作用，从一定程度上来说，也使我国在本领域处于国际领先水平。在整个反腐败领域，这还是十分鲜见的。为了从这些创新实践中总结出一般经验或理论性见解，更好地为未来的深化创新实践发挥指导作用，及时深入地进行案例研究是十分必要的。然而迄今为止，相关的研究还基本上处于空白，这就凸现此项研究的必要性和紧迫性。这正是本研究的主要目的。本文包括以下三个方面内容：①我国电子监督创新实践历程回顾和重点案例简介；②电子监督的作用机理和优势分析；③对未来深化电子监督创新实践的政策建议。

在展开正式讨论之前，需要先对利用信息技术手段开展腐败预防实践的相关提法或概念进行一下规范。此前，使用比较多的提法或概念有电子监察、信息技术手段预防、机防、技术监督或技术预防等，也有的称之为"制度＋科技"。实质上，这些称谓指代的大多都是同一类实践活动，即通过计算机技术、信息网络技术或电子等手段，实现对公共权力运行的监督。概括起来，就是权力监督上的"四化"，即信息化、网络化、数字化和电子化。如果类比于电子政府或电子政务概念，则可以把权力监督上的"四化"

* 清华大学公共管理学院教授、清华大学廉政与治理研究中心主任、中国监察学会常务理事、透明国际中国会员副主席。

统一、规范地称之为电子监督。这个提法或概念既简单又准确。用英文词汇表示,对应于电子政务的 e-government,可以把电子监督表示为 e-supervision(e-supv.)。如果未来的英文词表中多了这样一个词汇,那一定是源于中国实践的创造。

一、我国电子监督创新实践历程回顾及重点案例简介

或许很多人都会认为我国的电子监督创新实践始于深圳市 2004 年年底 2005 年年初在行政审批领域实施电子监察的首创,这当然是有一定道理的。然而作者以为,我国电子监督的历史还应该早上大约 10 年,应该是 20 世纪 90 年代的中期。具体的标志是 1993 年 12 月,我国正式启动的国民经济信息化起步工程——“三金”工程,即“金桥”工程、“金关”工程和“金卡”工程。当然,起步是一回事,建成并发挥效力是另一回事。以金关工程为例,就是在 1998 年严厉打击海关走私和腐败之后,才得到大力推广并显示出其预防走私和腐败犯罪优势的。

从 20 世纪 90 年代中期到现在,我国电子监督创新实践走过了 15 年的历程。我们可以把这一历程划分为两个阶段。两个阶段的分水岭则是深圳市建立行政审批电子监察系统的实践。第一个阶段所做的实际工作以国家组织实施的一系列“金”字头工程为主。俗称“十二金”工程,即针对宏观经济管理、海关、税务、金融、财政、审计、公安、社保等重点系统或领域开发实施的“金宏”、“金关”、“金税”、“金财”、“金审”、“金盾”、“金保”等一系列国家信息化工程。[①] 实际上,“金”字头工程不止十二个,而是要多于十二个。毫无疑问,这批信息化工程对于规范公共权力的运行,对于权力的监督都起到了积极的作用。第二阶段所做的主要工作是围绕电子监督所实施的各种权力监督创新实践。

比较这两个阶段,有两大不同点:①是否有权力监督的电子化。在第一个阶段,只有权力设置和权力执行的电子化,没有权力监督的电子化。而在第二个阶段,权力监督主体正式介入进来,权力监督的电子化成为一项崭新的内容。②行动主体不同。在第一个阶段,行动主体是中央政府,由中央政府组织实施一系列的“金”字头工程;在第二个阶段,行动主体则主要是地方政府,而且以经济发展程度较高的一些地方或地方城市政府先行,例如深圳、苏州、杭州、青岛、南通,浙江、四川,随后在全国多个地方迅速扩展开来。

显然,第二阶段还处于方兴未艾的发展过程之中,行动主体以地方政府为主,即使地方政府的创新试点已经或即将达到成熟的程度,也还需要中央政府的介入,使得这项创新实践能够在全国得到普遍推广和实施。因此,前瞻地看,我国电子监督创新实践的整个过程应该划分为三个阶段或四个阶段。前述第二个阶段可以被称之为地方政府电子监督自发创新试点阶段,这个阶段完成的标志是创新试点成功。第三个阶段

---

① 　相关信息参见国家信息化领导小组:《关于我国电子政务建设的指导意见》(中办发[2002]17 号),2002 年 8 月 5 日。案例一我国“十二金”工程,转引自百度文库,http://wenku.baidu.com/view/f8eb1de2524de518964b7d34.html。

是中央政府介入,利用全国性的政治和行政资源在各级政府普遍推广和实施电子监督,这个阶段也可被称之为普遍推广阶段。第三阶段完成的标志是电子监督在全国达到普及程度,即凡是有公权力运行的地方,都实行了电子监督。第三阶段完成,进入第四阶段,即电子监督成熟阶段。

在现有两个阶段的电子监督创新实践中,本研究选择了三个典型案例,分别是:海关系统的金关工程、深圳市行政审批电子监察系统以及青岛市电子监督创新实践项目。下面分别对这三个案例做一简要介绍。

1. 海关系统的"金关"工程

1993年12月,"金关"工程由国务院提出实施。1996年5月,经国务院信息化工作领导小组第一次全体会议通过,"金关"工程的建设和实施由外经贸部统一组织和负责,国家经贸委等相关部委协同配合,并于1997年2月正式下发文件,批准组建国家"金关"工程领导小组和领导小组办公室(简称"金关办"),领导小组由10个国家部委组成。1998年3月,国务院信息办和国家"金关办"组织专家组召开专家会议,通过了对"金关"工程四套应用系统的论证评审。

"金关"工程的基本目标是推动海关报关业务的电子化,取代传统的报关方式以防止走私、骗汇、骗税、腐败等犯罪以及通过提高货物通关效率,节省单据传送的时间和成本等提高海关运行的效率。

"金关"工程主要包括两个部分:①海关内部的通关系统;②外部口岸电子执法系统。"金关"工程具体包括五个应用系统:配额许可证管理系统、进出口统计系统、出口退税系统、出口收汇和进口付汇核销系统、口岸电子执法系统。口岸电子执法系统是在海关内部网络联通的基础上,由海关总署等10余个部委联合建立。该系统利用现代信息技术,借助国家电信公网,将外经贸、海关、工商、税务、外汇、运输等部门分别掌握的进出口业务信息流、资金流、货物流的电子底账数据,集中存放在一个公共数据中心,各行政管理机关可以进行跨部门、跨行业的联网数据核查,企业可以上网办理出口退税、报关、进出口结售汇核销、转关运输等多种进出口手续。①

2. 深圳市行政审批电子监察系统

深圳市行政审批电子监察系统于2004年6月开始规划,2004年11月1日投入试运行,2005年1月1日正式运行。该系统经深圳市政府批准,由深圳市监察局与市政府办公厅、市科技和信息局等部门联合开发建设,主要用于对全市所有行政审批项目和非行政许可的其他审批项目的实施情况进行全程监督。

深圳市行政审批电子监察系统由电子监察平台、视频监控系统和行政审批网站组成。电子监察平台是电子监察系统的核心。它构建在市政府政务内网上,与互联网物理隔离,包括监察数据采集子系统、行政审批监察子系统、行政审批效能评估子系统、综合查询子系统、统计分析子系统、投诉处理子系统、系统管理子系统等。视频监控系统主要是通过在市行政服务大厅、建设局、交通局、国土局、公安局等办公现场设置视

---

① "金关"工程相关资料参见:"金关"工程,百度百科 http://baike.baidu.com/view/1019433.htm;张远.国家"金关"工程.信息系统工程,1999,(10):12;"金关"工程 构筑"电子口岸".软件世界,2006,(8):21.

频监控点及相关网络,进行远程视频图像监控,实现对公务员工作作风、服务态度和办事效率的有效监督,并及时处理办公现场可能发生的问题。行政审批网站是电子监察系统对外的窗口,构建在互联网上。主要提供行政审批信息服务和接受群众投诉等。

行政审批电子监察系统具有实时监控、预警纠错、绩效评估、信息服务四项功能。

(1)实时监控。系统与各部门业务系统连接,自动、实时采集每一行政审批事项办理过程的详细信息,使监察机关即时、同步、全面地监控行政审批的实施过程。此外,视频监控系统可对全市有关行政审批的主要办公现场情况进行视频监控。

(2)预警纠错。系统对审批事项临近办理期限的,自动通过手机短信通知实施机关和有关负责人;对超过时限的,自动出示黄牌,生成相关文书,并通过党政机关电子公文交换系统发送给实施机关和有关负责人,限期办理;对超过督办期限仍未办结的,自动出示红牌,并发出建议书,督促有关部门追究有关人员行政过错责任并落实整改。对不予许可、不予受理、补交告知等异常情况,实行重点监察。对违反行政审批规定的其他行为,也可及时发现和纠正。

(3)绩效评估。依据《行政审批绩效评估量化标准》,对各审批部门和岗位的行政效能自动进行打分和考核,对不同部门、同一部门不同时间段的效能进行横向、纵向比较和综合评价。评价结果向各级领导和社会公布。

(4)信息服务。系统可为群众、各级领导和监察机关自身提供多种信息服务功能。通过行政审批网,向企业和群众提供行政审批的有关法律、法规和具体办理要求等信息,提供行政审批事项申请表格集中下载功能,公布效能评估情况,方便群众办事和监督。行政审批的实施情况及其他有关信息通过网络报送市领导和各部门领导参考。

2005年4月17日,行政审批电子监察系统通过国家"863"计划验收及科技成果鉴定。2006年4月28日,中央纪委、国家监察部和国务院信息化工作办公室在深圳召开"全国行政审批电子监察系统建设现场会"。[①]

3. 青岛市电子监督创新实践项目

青岛市"信息网络技术在重要行政权力阳光运行及纪检监察业务工作中的应用研究项目"由青岛市纪委监察局会同市电子政务办公室,于2008年9月联合向市科技局申请立项。该项目于2010年上半年完成并结项。

该项目主要包括对政府行政权力规范运行监督和纪检监察机关业务运行两大部分。外部行政权力业务系统及电子监察系统主要包括:行政审批业务系统及电子监察系统;行政处罚业务系统及电子监察系统;公共资源交易业务系统及电子监察系统(具体包括建设工程招投标业务系统及电子监察系统、土地招拍挂业务系统及电子监察系统、政府采购业务系统及电子监察系统、产权交易业务系统及电子监察系统);公共资金业务及电子监察系统(具体包括社保基金业务系统及电子监察系统、住房公积金业务及电子监察系统、抗震救灾资金电子监察系统、扶贫资金电子监察系统);扩

---

① 以上有关深圳市行政审批电子监察系统的资料参见:系统简介. 深圳电子监察网(www.dzjc.gov.cn) http://www.dzjc.gov.cn/default.jsp;闭恩高编写:《电子监察:中国未来廉政建设的新趋势——深圳市电子监察系统建设纪实》,中国公共管理案例中心案例,CCC-08-88,2009年。

大内需项目管理及电子监察系统；农村"三资"管理系统；科技计划管理信息系统；新型农村合作医疗基金监管系统等。

纪检监察业务运行系统包括：纪检监察机关内部网络化办公平台；纪检监察案件管理信息系统；纠风工作网络系统；数字化宣传教育系统；纪检监察案件审理信息化管理系统；纪检监察信访信息管理系统；领导干部廉洁从政动态监督系统；行政效能投诉电子网络系统；领导干部因公出国（境）审批和市级机关公务用车购置审批使用维护动态监督系统。

这里以行政审批业务系统及电子监察系统为例对青岛市的电子监督创新实践做一说明。行政审批业务系统是依托于青岛市金宏政务内网平台而研究开发的，将全市101项许可事项纳入网上全过程办理。同时，在企业注册方面实行联合审批，"一口"受理、网发相关、同步推进、限时办结。在建设项目联合审批方面，目前审批及立项已经实行联合办理，并在网络上固化运行。审批业务系统已经实现全市四级联网。该系统运行模式为"外网受理、内网办理、外网反馈"，社会公众通过互联网提交服务需求，包括各个审批事项的查询、浏览、网上填报提交、办件查询和审批相关信息公告等内容。行政审批服务大厅窗口工作人员直接通过终端连接行政审批内网平台进行日常行政审批工作。

行政审批电子监察系统与行政审批业务系统完全独立，中间通过标准接口进行安全的数据交换。该系统具有实时监控、预警纠错、信息服务、绩效评估四项功能，通过实时抓取关键环节数据，对行政审批事项从受理到办结全过程进行实时监督，对发现的问题通过发黄牌、红牌形式进行预警纠错。

青岛市在项目的研究和实施过程中做了以下几方面重要工作。

（1）对公共权力进行清理、确认和运行流程再造。该市在建设行政权力运行业务系统过程中，始终把权力设置和运行流程再造作为先导工作来抓。例如，在行政审批业务系统和电子监察系统建设中，先后四次大规模集中清理行政职权，将行政许可事项由原来的1 263项减至109项，压缩幅度达91%；非许可审批事项由原来的322项减至116项，减幅达到63.9%，并将保留事项的依据、条件、程序等全部公开。在行政处罚业务系统及电子监察系统建设中，首先组织各相关单位对4 379项行政处罚事项的裁量标准进行细化拆分，同时组织相关部门逐项分析权力运行流程，对原有的流程环节和办事时限进行大幅调整和压缩，办事流程环节平均减少30%以上，办事时限压缩40%以上。

（2）把经过重新设置和流程再造后的行政权力运行业务在网络上固化下来并做到透明公开行使。

（3）开发了具有人工智能功能的电子监督系统。以土地招拍挂电子监察系统为例对此做一些说明。该系统根据土地招拍挂过程中的关键环节，共设立11个监察点，重点对土地管理的基本信息及相关审批手续、拍卖活动实施方案、出让公告信息、出让文件内容、竞买人资格审查、土地招拍挂现场、成交信息、出让结果公告、合同执行、土地出让金收缴、土地出让投诉等基本情况实行监督。

与其他地方的电子监督创新实践相比，青岛市的一大特点是实现了对公共权力领域的广覆盖,这得益于青岛市在几年前就已经着力打造的全市统一的电子政务平台。该平台建设共投入上亿资金,纵向延伸到市、区(市)、乡镇(街道)、村(社区)四级,横向联通各个部门。

2010 年 5 月 18 日,中央纪委在南京召开全国反腐倡廉建设创新经验交流会,青岛市的上述项目做了典型发言。2010 年 6 月,国家版权局为该市综合行政电子监察系统颁发著作权证书。①

最后必须说明的是,上述案例只是国内众多电子监督创新实践中的三个典型。应当说,目前很难说得清我国到底已经有多少地方和部门开展了此类实践。

二、电子监督的作用机理和优势分析

公共权力是发生腐败的主要领域之一。这就是为什么传统的腐败定义都是:滥用公共权力以谋取私利。当然,随着人类经济和社会活动的日益发展,和公共权力无关的腐败行为也不断增多。这就是说,腐败行为不仅限于公共权力,腐败定义需要扩展。例如,在委托—代理理论看来,腐败一定是一个委托—代理现象或问题。换言之,如果不存在委托—代理关系,也就不会有腐败发生。透明国际组织在 2000 年也把腐败的定义扩展为:滥用委托权力以牟取私利。新的腐败定义说明,腐败行为的主体不仅有行使公共权力的公共官员,任何代理人都有可能腐败。公共官员只是一种特殊的代理人而已。但是,传统的腐败定义以及大量的腐败案例表明,在公共委托—代理关系中,由于公共委托方缺乏监督的积极性,腐败更加易发多发。鉴于本研究议题之范围,本文还是把腐败限定于公共权力,也就是只涉及公共代理人或公共官员的腐败。

在治理公共官员腐败中,对公权力进行有效监督②一直是一个基本的对策。但是,在权力监督中却存在一些难以克服的困难,例如监督主体缺乏必要的独立性、能力和资源不足、信息不对称等。权力有效监督的三圈框架模型③是对影响权力监督的三个基本因素的概括。

图 1　权力有效监督的
三圈框架

通过权力有效监督三圈框架模型可以看出,权力能否得到有效监督,关键取决于权力监督主体,而不是其他。不论是何种权力监督主体④,要实现对于权力的有效监督,必须同时具备三个条件,即独立、能力和信息。三圈框架如图 1 所示。

独立条件指的是权力监督主体要独立或至少相对独立于被监督权力。能力条件是广义的,包括权力监督主体必须具备监督所需要的能力和其

---

① 以上有关青岛市电子监督创新实践资料主要引自青岛市纪委监察局课题组的《信息网络技术在重要行政权力阳光运行及反腐倡廉工作中的应用研究报告》,2010 年 6 月。

② 当然,监督只是一类手段;激励是另一类重要的手段。本研究主要针对权力监督。

③ 权力有效监督的三圈框架由任建明提出,相关研究内容参见:任建明等:《建立有效的权力运行监控机制研究报告》,2008 年国家社科基金项目"构建惩治和预防腐败体系问题研究"子课题,2010 年 6 月。

④ 权力监督主体主要包括两大类:权力或人民。前者对应于权力监督(亦称为以权力监督权力),后者对应于民主监督(亦称为以权利监督权力)。

他各种资源,例如对于行使监督权的充分授权,人力和财力资源。信息条件指的是权力监督主体要能够获得被监督权力运行的信息或被监督者的行为信息。

显然,在现实条件下,权力监督主体可能缺乏必要的独立性,能力不足,没有足够的人力资源和财政资源,信息不对称①无法克服,等等。无论是何种条件缺失,都将导致监督无效或失灵。也就是说,权力监督要有效,上述三个条件必须同时具备,即只有在图1中的三因素重叠部分——阴影部分,权力监督才会有效。就我国现行的权力监督体制、机制设置而言,在上述三个条件方面都存在或多或少的不足,这是导致我国权力监督难、难监督的基本原因。

大量的创新实践以及研究者个人的观察表明,我国的电子监督创新实践在提升权力监督的实际效果方面确实发挥了明显的作用。但如何从理论上对此作出解释呢?权力有效监督的三圈框架模型可以作为一个理论分析框架,然而,我国的电子监督创新实践具有更为丰富的内涵,还需要运用其他理论框架进行解释。另一个可资利用的理论框架是作者曾研究提出的制度预防腐败理论框架②,和本解释研究关系密切的主要是该理论框架中的预防制度类型及其预防机理部分。综合上述两个理论框架,作者提出以下分析框架,如图2所示,即权力电子监督分析框架。

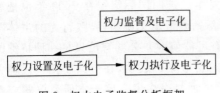

图2　权力电子监督分析框架

权力电子监督分析框架中包括三个环节,即权力设置、权力执行(或运行)、权力监督。我国的电子监督创新实践在这三个环节都发挥了重要作用,这是其能够在权力有效监督方面发挥作用的机理之所在。下面结合三个典型案例,从权力设置、权力执行、权力监督三个方面对我国电子监督创新实践的作用机理做一些说明。

1. 权力设置及其电子化

我国的电子监督创新实践在权力设置环节发挥了重要的作用。具体作用主要体现在两个方面:①对权力进行精简和规范;②对精简后保留的权力进行电子化或信息技术上的固化。这两种作用对于预防权力腐败都有相应效果。

首先,凡是被精简了的权力,腐败机会就从根本上消失了。精简权力的腐败预防机理最简单、最直观。通过精简权力方式预防腐败的效果也最充分、最彻底。其次,凡是被规范了的权力,腐败的可能性就减少了,或者腐败的难度加大了。青岛市细化行政处罚权的裁量标准就是很典型的规范权力例子。权力易于腐败的原因不只取决于权力的大小,似乎更决定于自由裁量幅度的大小。一项权力可能很大,但如果没有任何自由裁量空间,行使者很难甚至根本不可能腐败。青岛的细化或规范就是对权力自由裁量空间的压缩。自由裁量空间小了,权力腐败的可能性就小了。最后,对保留权

---

① 这里的权力监督是一种外部监督设计,这意味着监督者和被监督者之间必然存在信息不对称,即对于被监督者的行为信息而言,监督者通常要比被监督者知晓得少。

② 有关该理论框架的系统介绍,可以参见:任建明,杜治洲.腐败与反腐败:理论、模型与方法.清华大学出版社,2009:102-113.

力的电子化,即电子政务途径把这些权力固化下来,可以防止权力随意膨胀。凡是在计算机网络上运行权力清单上没有的权力,就不可能再增加进来。官僚主义、帕金森定律是权力腐败的一种重要方式或渠道。对保留权力实施电子化,就杜绝了通过权力膨胀增加腐败机会的可能。

在我国电子监督创新实践的第一个阶段,在权力设置方面的作用还不明显。例如,在"金关"工程案例中,权力很少被精简,主要是把原有权力通过电子化方式固化下来。在第二阶段,权力被精简的情况就变得十分普遍,而且幅度还不小。例如,不论是深圳市还是青岛市,在行政审批电子监察实践中,首先对原有权力进行大幅度的精简或合并。青岛市在行政处罚权电子监督实践中,对行政处罚权进行两个方面的重要规范:①对行政处罚权的裁量标准普遍进行细化;②对原有行政处罚权的执行流程环节和办事时限进行大幅调整和压缩。

2. 权力执行及其电子化

我国的电子监督创新实践在权力执行环节发挥了重要作用。具体作用主要体现在两个方面:①对权力执行或运行流程进行了再造;②实现了权力运行过程的电子化。这两种作用对于预防权力腐败都有重要的效果。

权力易于腐败的一个主要原因是权力流程上的不合理,或人为地加入一些不合理的、烦琐的环节,借以增大权力行使者讨价还价的实力。例如,在 2001 年全国大规模实施行政审批制度改革之前,我国行政审批权力运行流程上的问题是很严重的,多部门联合审批事项流程上的问题就更加突出。审批流程上最常识性的问题是没有设定审批时限,这意味着行使审批权的部门和人员想拖延多久就拖延之久。拖延审批必然催生腐败动机。在多部门联合审批的很多事项上,原本多个部门之间并不存在关联关系,多个部门只需要依据自己执行的法律、法规独立进行审批就可以了。但在那个时期,由于没有并行审批这样的流程规定,任何一个部门都可以援引别的部门先行审批这样的理由把行政相对人当皮球踢。在行政审批制度改革之后,设定时限、并行审批等程序技术被普遍使用。总之,通过流程再造达到权力运行流程上的精简化、合理化,意味着腐败机会的减少和腐败动机的弱化。

权力运行过程的电子化意味着人和"机器"(对网络、计算机硬件和软件等的统称)共享①权力。在一个理想的权力运行过程电子化方案中,人可能只变成权力运行流程中的一个具体环节上的执行角色,就好像企业生产流水线上一个拧紧螺丝帽的工人。这个工人一不可能偷懒;二不可能故意生产不合格产品。因为他或她没有自由选择机会,只能顺应流水线的运行完成好自己的岗位工作。一旦恶意生产不合格产品很容易被追查出来。人和机器共享权力也带来这个效应。电子化以后的权力执行者可能只拥有很小的自由裁量空间,甚至完全没有。他或她必须按照软件程序的流程或规定执行权力,一旦超出程序规定,将无法行使权力。可以给人和机器共享权力的预防腐

---

① 准确地说,不是共享,而是分享,也就是一种特殊的分权模式,即不是在权力机构之间分权,而是在人和机器之间分权。

败机理一个更直观的描述,即把权力交给机器。① 表面上,仍是人在执行权力,但与电子化之前相比,他或她的权力或自由裁量空间减少了很多。权力或权力自由裁量空间的压缩意味着腐败机会的减少。权力电子化意味着权力运行数据被可靠地记录下来,这对于有效问责十分必要。

无论是"金关"工程,还是深圳、青岛案例,其预防腐败的效果都充分地体现在权力运行流程再造,特别是权力运行过程的电子化上。青岛项目研究报告中频繁使用的"用无情的电脑管住有情的人脑"、"对权力运行过程的刚性约束"、"全过程留痕功能"反映的都是这种电子化后的效应。

此外,权力执行的电子化还是权力监督电子化的基础。下面将予以专门的分析和解释。

3. 权力监督及其电子化

作者之所以认为电子监督是中国的首创,或者说中国在这方面处于国际领先水平,主要依据是中国进行了权力监督电子化方面的创新实践。电子政务预防腐败的一些机理和上面讨论的权力执行电子化的机理是一样的。众所周知,电子政务并非中国的首创,中国在电子政务上远没有达到国际领先水平。假如我国的电子监督实践只停留在电子政务层面,就不能说这是我们的首创,也不能说我们处于国际领先水平。

我国的电子监督创新实践在权力监督环节发挥了重要的作用。具体作用主要体现在两个方面:①克服了权力监督上的信息不对称问题;②在一定程度上实现了权力监督的人工智能化。这两种作用对于预防权力腐败有重要效果。

信息不对称导致监督失灵的机理很简单。监督机关如果不知道监督对象到底做了什么,当然无法监督。监督者即使知道了被监督对象的行为信息,由于专业知识的局限,信息量过大,实施监督是一件十分费力和困难的事情。如果能利用类似于人工智能方式,把监督的关键信息提取出来,和已经设定的标准进行比对,并自动生成监督报告或发出监督预警,自然可以大大解放人力,提高监督的效力和效果。利用人工智能技术实施监督,就相当于雇用了一个精明、高效、能干且不知疲倦的机器人代替人监督,其发挥监督作用的机理是不难理解的。

深圳和青岛的创新案例有两个共同点:①和被监督权力同等地共享权力运行的数据和信息。它们的电子监察系统和权力机关的业务系统共享同一个系统后台,这意味着它们所拥有的信息和权力机关的权力具体运行信息几乎是完全对称的。②它们都基于专家的监督经验、监督知识,或者通过参与式过程,把权力运行的主要风险点查找出来,设置风险阈值或风险标准,最后统统编写进计算机程序。简单地说,这就是人工智能技术在权力监督中的运用。

权力监督电子化是我国电子监督创新实践发展到第二个阶段之后才出现的新鲜事物。在第一个阶段没有这样的实践。在"金关"工程中,还没有自觉地使用电子化手段进行权力运行监督。

---

① 在大多数情况下,当然只是把部分权力交给机器。需要指出的是,如果显著地压缩个人手中的权力以及自由裁量空间,其预防腐败的效果将发生质的变化。

上述机理分析虽然解释了电子监督之所以能够确实提升监督效力的原因,但是还没有揭示电子监督的精妙、全貌以及对于改进我国权力监督的重大实践意义。因此,在这里十分有必要通过和传统监督的比较阐述一下电子监督的几大优势。相比来看,电子监督有五大优势。

(1)在一定程度上突破了我国现有监督体制上的局限性。监督机构缺乏独立性以及对监督机构授权不充分,是我国监督体制的基本特征。在这种监督体制下,按照传统监督模式,监督机构很难获得被监督机构执行权力的信息,结果肯定是监督难和难监督。在那些已经实施电子监督的地方,监督机构可以获得几乎和被监督机构等量的有关权力运行的信息,监督信息不对称问题得到较为彻底的解决,使得监督成为可能。至少权力运行的信息不再只有权力执行者知晓,监督机构也同时知晓。电子监督创新实践对于我国现有监督体制上的局限性的突破意义是十分巨大的,不仅使监督由不大可能变成较有可能,或许在将来还会由此引发我国监督体制上实质性的改革与创新。

(2)使权力监督信息达到近乎完全对称的程度。在传统监督模式下,即使在实行分权体制的国家,监督信息不对称问题仍然存在,只是程度较小而已。在我国现行的监督体制下,这种信息不对称程度是极其巨大的。在电子监督新模式下,不仅克服了监督信息不对称问题,而且可以达到几乎完全对称的程度。这种信息近乎完全对称的状态只有在电子监督模式下才可实现,是传统方式所不可企及的。这是电子监督相比于传统监督的另一个巨大的优势或优越性。

(3)实行了人和机器对于权力的分享或分权,显著地降低权力垄断程度。在我国现有的权力体制以及运行机制下,公权力垄断现象随处可见——大权力大垄断,小权力也大垄断。这就是为什么不只有"一把手"腐败,一些副职甚至关键岗位上的干部的腐败也相当地惊人的主要原因。在电子监督模式下,必然是人和机器对于权力的分享,也就是把部分权力交给机器。权力垄断程度的降低意味着腐败机会和可能性的减小。

(4)人工智能技术在权力监督中的运用极大地提升了监督的专业化和科学化水平,促进了监督能力和监督效果的飞跃。即使不存在监督体制上的局限,监督也是一个专业性很强且耗时耗力的工作。在专业程度上,监督者往往不如被监督者。要获得和处理大量监督信息,成本高昂。一旦在电子监督实践中引入人工智能技术,情况将大大改观。监督者只需要获取关键监督信息即可掌握权力执行情况。如青岛、深圳电子监察系统中的监察点、监测点或高风险点信息,且信息的获取由机器自动完成。此外,如果只凭借个人的专业判断,即使只是对关键监督信息的判断,也是一件很有挑战性的工作。但是如果能把大量的个人经验变成自动分析软件,情况就大不同了。青岛和深圳的电子监督实践在这方面进行了卓有成效的探索和尝试。在电子监督创新实践过程中,传统上专业能力不怎么强的纪检监察干部,一下子都变成专业能手,监督能力得到显著提升。当然,监督效力也得到显著提高。

(5)促进了公权力的压缩和规范。在传统监督模式下也可以对公权力进行压缩和规范。例如,在行政审批制度改革过程中,各级政府较大幅度地精简了审批权力。

对于保留下来的审批权力,也通过设立程序性规定等方式进行规范。在电子监督创新实践过程中,这项工作得到继续推进。深圳、青岛以及其他很多地方都这么做了。由于青岛创新涉及权力领域的广覆盖特点,公权力的压缩和规范不仅在行政审批领域中得到继续,在行政处罚权、公共资源配置权、公共资金管理权等方面也都得到实施。公权力的压缩和规范必然减少腐败机会。

三、对未来深化电子监督创新实践的政策建议

电子监督创新实践是我国权力监督领域的一个新的增长点或发展点,在全国多个地方的实践呈现方兴未艾的可喜局面,实实在在地为我国权力监督效果的提升发挥了巨大作用,应当在未来得到更大的发展。为此,本文提出以下三方面的政策建议。

1. 要在提升电子监督的科学化水平上下工夫,切忌好大喜功和形式主义

如果把电子监督科学化的标准归结为一点,就是要看到底在多大程度上促进了监督效果的实现,在多大程度上预防了腐败的发生。为此,未来的电子监督实践深化应当按照前面的分析框架,在那些有效果的方向上着力。这就是要:①要在权力设置环节大力压缩公权力,规范公权力;对保留公权力要实施信息技术上的固化,应当尽量减少甚至杜绝不纳入电子监督范围的公权力的存在或滋生。②要在权力执行环节对权力执行流程进行再造,规范运行流程,减少不必要的流程,建立科学、高效的流程;要实现权力运行过程的电子化,应减少甚至严禁游离于电子政务系统之外的任何公权力的存在。③要在权力监督环节充分利用信息技术优势,克服监督信息的不对称。最简单的办法是电子监督系统和被监督权力的业务系统共享同一个后台;在权力监督中大量使用人工智能技术,把很多人的监督知识、监督经验转化成自动监督软件。

老实说,电子监督的实现是一项成本较高的事情。以青岛市为例,全市电子政务网络平台的统一工程投入了上亿资金,在电子监督实施中又投入了数千万元。此外,还有大量人力资源的投入。对于发达地区政府来说,这都是不小的投入。对于一些不怎么发达或欠发达地方来说,或许是难以负担的。当然,如果电子监督真是科学地搞了,产出了实际效果,那一定是很值得的。按照现在的腐败规模来看,几个腐败分子甚至一个腐败分子个人就可以捞取上亿资金,对国家和人民利益造成的额外损失就更加惊人。但是,如果是搞形式主义,把电子监督也搞成政绩工程,华而不实,就是直接的资源浪费,是极不可取的。

2. 中央政府应当及早介入,推动电子监督实践试点的完善,并适时在全国进行推广和普及

上面说过,我国的电子监督创新实践到目前为止只发展到第二个阶段,而且很难说第二个阶段已经完成。如果长期处于地方政府凭自觉实践的状态,估计也只能达到这个程度。因此,中央政府应当及早介入,成立全国性的电子监督创新领导小组。领导小组的任务主要有两项:①指导各地的实践,特别是可以选择一些基础好的地方搞重点试点,争取尽快在全国建成一个或几个电子监督创新实践的样板。②利用中央政

府的权力和资源,在全国推广和普及电子政务实践。

在政策建议 1 中提到,电子监督的创新探索和实施是一项成本较高的工作,如果放任地方政府长期各自为政地实践,一定是一件严重缺乏整体效率的事情。中央政府介入后,可以大大促进地方之间的学习和借鉴,显著降低或节省各地独自探索和实践的成本。降低创新和学习成本的经济或财政效益一定是巨大的。青岛市在电子监督创新实践中,就曾有计划地选择全国一些在某个方面最好的地方进行学习,在学习的基础上再进行创新和实施,这样既节省资源,缩短周期,又提高了水平。但这只是青岛一个地方的做法。如果中央政府能够介入,通过设立电子监督改革试验点,通过全国性的普及和推广等方式,节省资源和提高效果两方面的效益一定更加巨大。

3. 适时地深化我国现行监督体制的改革

前面说到,电子监督创新实践在一定程度上突破了我国现行监督体制上的局限性,这是电子监督的一大优势。但是,我国现行监督体制上的局限性不会因为电子监督的创新或实施而彻底消失,这些局限性必将成为制约电子监督效果或我国权力监督整体效果提升的瓶颈性因素。因此,一定要不失时机地改革我国现行的权力监督体制。改革的重点主要有三个方面:①要使监督机构获得必要的独立性。正如权力有效监督三圈框架所展示的那样,独立性是权力能否得到有效监督的前提条件或组织保障。②要打破我国监督机构体制上"条块分割"局面,尽量整合我国的监督机构。一个可供选择的方案是"纵向垂直、横向合署"。这将为我国监督人员的职业化奠定可靠的基础。而职业化是专业化发展的制度基础。③要通过法律、法规或政策授予监督机构较为充分的监督权力。在监督权力不足的情况下,即使监督机构获得被监督者行使公权力的信息,甚至达到信息对称的程度,充其量也只能是多了一个知情者,被监督者在作为或不作为时有所顾忌而已。如果监督机构不能对滥用权力的被监督者采取强力行动,不能实施问责,监督的最终效果将难以取得。监督机构获得必要的独立性是一个保障,但和授予必要而充分的监督权还不是一回事。我国监督机构普遍缺乏监督启动决定权、监督调查权以及问责权。这些权力对于监督机构有效行使监督权,实现监督的最终效果,是不可或缺的。

A Preliminary Study of Innovative Practices in China's Electronic Surveillance

Ren Jianming

Abstract: In recent years there has been an increase in the use of information technology and electronic monitoring practices to prevent corruption. This has even affected a few leading brands. The article utilizes a case-study approach to examine the customs system in the Golden Customs Project and the electronic monitoring systems in Shenzhen and Qingdao cities to present a summary of research on information technology and to analyze and refine its advantages in terms of preventing corruption，Based on these insights，in the future such practices should be expanded based on the following three policy recommendations. First，the government should make efforts to enhance the scientific level of electronic monitoring while avoiding being overly ambitious or too formalistic. Second，the central government should intervene as soon as possible to promote improvements in the electronic monitoring pilot programs and to popularize them throughout the country. Third，reform of the monitoring system should be deepened in a timely manner.

Key Words：Corruption Prevention；Electronic Monitoring；Technical Prevention；Electronic Surveillance

清华大学《公共管理评论》文献分析

范帅邦*

摘　要：本文选取 2004—2010 年《公共管理评论》发表的文献作为数据基础,运用文献总量、作者分布、期刊分布和关键词分布文献计量指标对该领域进行分析。统计结果表明,《公共管理评论》具有研究性与评论性并存、较强的国内外影响力、研究领域广泛、研究被引用率高的特点,但也存在研究来源依赖性强、研究领域分散等问题。

关键词：《公共管理评论》　文献计量　研究现状

一、数据来源及获取方法

本文选取中国知网中国期刊全文数据库作为文献检索工具,以检索条件：(题名或关键词＝数字档案馆)＊Year＝2004－2010 进行检索,以全部期刊作为检索范围,共检索出 141 篇文献,包括研究论文、评论性文章等,选择题名、作者、期刊、ISSN、分类号等字段导出相关文献数据。检索时间为 2010 年 10 月 20 日。

二、文献计量指标选择

用于文献计量分析的指标较多,本文只选取总量变化趋势、著者分布、期刊分布和关键词分布四个指标,对《公共管理评论》上发表的文章在数量和内容上进行分析,以在一定程度上揭示其研究现状和发展趋势。文献计量指标如下：

(1)年度论文发表数量与分布：指通过中国知网数据库检索到的各年度的论文数量。

(2)相关作者发文数量分布：指通过中国知网数据库检索到的相关论文作者及其第一责任人发文数量分布。

(3)相关关键词分布：指通过中国知网数据库检索到的《公共管理评论》中出现在论文中的关键词分布。

＊　清华大学公共管理学院。电话：15201436383。E-mail：frank.fan1213@163.com。

三、相关数据及分析

将 141 篇文献数据按照发表时间、作者、期刊和关键词字段分别导入 Excel，进行分类汇总以获得相关分析数据。

1. 文献量分析

文献量是指某一学科研究者在某一段时间内发表论文的数量。一个学科的成长过程与该学科文献的数量和内容有密切关系，文献数量的多少在一定程度上反映某一领域的研究水平和发展状况。2004—2010 年《公共管理评论》发表的文献数量及其变化趋势如图 1 所示。《公共管理评论》自创刊以来在 2004 年和 2006 年迎来发文的高峰期，其他年份发文量维持在 15～20 篇。因为《公共管理评论》一年只出 1～2 期，因此论文的数量维持在这一水平比较合理，这也表明《公共管理评论》比较注重发文的质量。

如图 2 所示，在 2004—2010 年《公共管理评论》发表的 141 篇文献中，有 61％的论文为学术研究性论文，有 39％为评论性文章，较高的评论性文章占比表明《公共管理评论》兼具学术性和评论性。

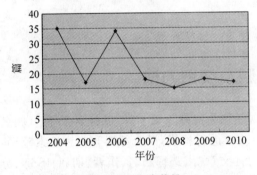

图 1　论文发表数量

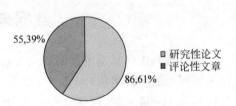

图 2　研究性与评论性论文占比

2. 作者分布分析

对文献作者进行统计可以帮助我们发现《公共管理评论》的核心作者，从而有利于进一步了解公共管理研究现状和发展趋势。

在 2004—2010 年 6 年中，按作者统计，共有 60 名作者在《公共管理评论》发表 141 篇文献。文献作者分布情况如表 1 所示。若以发表 3 篇及以上作为《公共管理评论》核心作者，这类作者占全部作者数量的 10％，发表 2 篇论文的作者占 21.67％，发表 1 篇的作者占 68.33％，可见在《公共管理评论》上固定发文的作者数量较少，多数作者仅发表 1 篇文章。因此，从作者个人的角度看，《公共管理评论》的作者分布还比较分散。

表 1　文献按作者分布

发文篇数/篇	作者数量/人	作者比例/％
3	6	10
2	13	21.67
1	41	68.33
总计	60	100

引入作者单位加以分析,发表 2 篇及以上文献数量的 19 位作者如表 2 所示。前 19 位作者所发表论文数量占文献总量的 31.21%,其中有 12 人为清华大学人员,4 人为国内其他院校人员,3 人为国外院校人员。可见《公共管理评论》在清华大学内部具有较强大的影响力,在国内与国际也有一定的影响力。由此也可以看出,《公共管理评论》过于倚重清华大学的研究力量,并没有成为一个具有全国均衡影响力的期刊。

表 2 文献按作者单位分布

作 者	作 者 单 位	发文数量/篇	所占比例/%
韩廷春	清华大学	3	6.82
张欢	清华大学	3	6.82
郭沛源	清华大学	3	6.82
Tony	哈佛大学	3	6.82
陈一林	清华大学	3	6.82
殷存毅	清华大学	3	6.82
张欢	北京师范大学	2	4.55
许根林	清华大学	2	4.55
徐宇珊	清华大学	2	4.55
郭宇强	中国劳动关系学院	2	4.55
陈雷	清华大学	2	4.55
彭宗超	清华大学	2	4.55
梁鹤年	加拿大女王大学	2	4.55
陈清泰	国务院发展研究中心	2	4.55
万鹏飞	北京大学	2	4.55
成福蕊	清华大学	2	4.55
Richard	荷兰莱顿大学	2	4.55
马丽	清华大学	2	4.55
程文浩	清华大学	2	4.55

3. 国际参与度分析

《公共管理评论》要成为具有国际影响力的公共管理学术刊物,需要刊登更多的国际文章。在 2004—2010 年 6 年中,《公共管理评论》发表的 141 篇文献中有 53%的文献来自清华本校研究人员,国内其他院校和研究机构发文占总量的 33%,国外大学和研究机构发文占 10%,中国港澳台地区的发文占 4%。从这个角度看,非大陆发文占总量的 14%,这一指标已经远远超过国内其他公共管理类学术期刊,可见《公共管理评论》已经有一定的国际影响力。同时,《公共管理评论》的发文中有一半以上来自清华本校,也表现出《公共管理评论》对于清华本校的过度依赖,因此《公共管理评论》还有待于进一步扩大国内外影响力。

4. 研究领域分析

在 2004—2010 年 6 年中,《公共管理评论》的 141 篇文献涵盖了总共 34 个公共管理专业领域,排名前十位的研究热点领域共有 19 个,其中中国政治与国际政治、经济理论与经济思想史、行政学与国家行政管理、政治学、管理学、宏观经济与可持续发展、

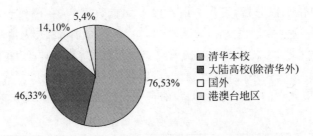

图 3　论文来源分布

经济体制改革等方面是《公共管理评论》发表文章的热点,表明《公共管理评论》本身对这些研究领域比较关注。同时,笔者发现《公共管理评论》的 34 个研究领域中有 19 个领域发文在 2 篇以上,其中超过 20 篇发文的领域仅有中国政治与国际政治、经济理论与经济思想史、行政学与国家行政管理三类,有 15 类研究领域只有 1 篇文章发表,可见《公共管理评论》文章在研究领域分布上还比较分散,尚未形成具有鲜明特色的研究重点领域。

表 3　文献按研究领域分布

序号	研究领域类别	发文数量/篇
1	中国政治与国际政治	26
2	经济理论及经济思想史	23
2	行政学与国家行政管理	23
3	政治学	19
4	管理学	11
5	宏观经济管理与可持续发展	10
6	经济体制改革	8
6	金融	8
7	企业经济	5
8	社会学及统计学	4
8	医药卫生方针政策与法律、法规研究	4
9	工业经济	3
9	人才学与劳动科学	3
9	领导学与决策学	3
10	农业经济	2
10	宪法	2
10	财政与税收	2
10	气象政策	2
10	教育理论与教育管理	2

5. 关键词分布分析

利用 Excel 的分类汇总功能对文献关键词进行统计,141 篇文献中共有 59 个关键词。然后进行人工处理,对 59 个关键词词语按照其主题内容进行汇总。其中主要的 7 个主题分类如表 4 所示。

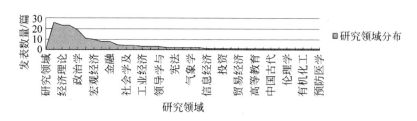

图 4　研究领域分布

表 4　文献按主题词分布表

主题词（相关关键词）	数量/篇
公共行政	23
公共管理、治理、地方治理、政府职能转变、公共服务、基本公共服务、地方政府、行政改革、行政学本土化、驻京办、管制、绩效评价、官僚体系、政府官员、省际分布	
区域发展	13
中国、日本、墨西哥、创新型城市、中国台湾地区	
经济	12
经济增长、制度分析、产权、晋升竞争、补缺型福利体制、财政压力、利益表达机制、外溢效应、公用地悲剧	
政治	11
政治、欧洲一体化、民主化、宪政、国家转型、政治忠诚	
公共政策	9
公共政策、政策评估、技术创新、政策网络、气候政策、公众健康	
危机管理	9
应急管理、危机管理体系、冲突、免受恐怖袭击的安全感、风险	
腐败问题	7
腐败、寻租	

从主题词（相关关键词）数量上可以看出，公共行政、区域发展、经济、政治、公共政策、危机管理、腐败问题是公共管理研究领域中的重要问题。从单个关键词的角度看，寻租、治理、公共服务、危机管理是《公共管理评论》研究最为热点的问题。

如图 5 所示，《公共管理评论》的研究关键词比较分散，超过一半的关键词仅出现过 1 次，出现过 5 次及以上的关键词仅占 3%，分别是寻租和中国。由此可见，《公共管理评论》在研究领域上比较广泛，没有表现出有特色的专门研究领域。

6. 影响力分析

在 2004—2010 年 6 年中，《公共管理评论》共发表 141 篇文献，其中被引用过的文献有 38 篇，被引用率高达 27%，可见《公共管理评论》中发表的论文质量较高。

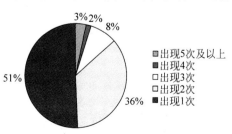

图 5　关键词频次

在所有被引用的文献中，被引用次数最多的是王名的《中国 NGO 的发展现状及其政策分析》，共有 18 次被引用；万鹏飞、于秀明的《北京市应急管理体制的现状与对策分析》有 6 次被引用；贾西津的《试论基金会的产权与治理结构》有 5 次被引用；杨安华的《构建民族地区危机管理体系》有 5 次被引用；俞静的《地方性国家统合主义、寻租和中国汽车产业政策失效》有 4 次被引用；其他文章引用次数在 3 次及 3 次以下。以上数据表明，《公共管理评论》的被引用率虽然较高，但是被经常引用的经典文章数量还比较有限。

表 5　文献被引用频次

题　名	作　者	被引用频次
中国 NGO 的发展现状及其政策分析	王名	18
北京市应急管理体制的现状与对策分析	万鹏飞、于秀明	6
试论基金会的产权与治理结构	贾西津	5
构建民族地区危机管理体系	杨安华	5
地方性国家统合主义、寻租和中国汽车产业政策失效	俞静	4
对政府绩效的满意度：中国农村和城市的民意调查	Tony Saich	3
扩大内需的结构和体制约束因素：社会基本公共服务供给不足	丁元竹	3
当代中国国家转型中的中央与地方分权	李晟	3
药品价格虚高的成因与治理对策	郭丽珍	3
地方政府改革：一种全球性的透视	万鹏飞	3
民族主义与民主	王绍光	3
外国直接投资与中国经济增长关系的实证研究	江锦凡、韩廷春	3
双向短缺：基本药物政策的制度分析——兼评"新医改"方案的缺陷	胡颖廉、薛澜、刘宗锦	2
金融生态影响经济增长的机制分析	韩廷春、赵志赟	2
政策评估理论与实践研究综述	李瑛、康德颜、齐二石	2
官僚体系与协商网络：中国政策过程的理论建构和案例研究	陈玲	2
未雨绸缪：中国大流感危机准备的战略分析与政策建议	彭宗超	2
中国转轨期腐败特点和变化趋势的实证研究	过勇	2
莱斯特·M.萨拉蒙、S.沃加斯·索科洛斯基：《全球公民社会：非营利部门国际指数》	徐宇珊	2
燕继荣：《投资社会资本——政治发展的一种新维度》	陈雷	2
政府行为目标与公共政策的特征	魏凤春	2
区域协调发展：一种制度性的分析	殷存毅	2
公共治理视野中的中国听证制度改革	彭宗超	2
技术创新与地方治理改革：对三个案例的分析	杨雪冬	2
转型国家公私伙伴关系的治理研究	张万宽、杨永恒	1
认同与台湾问题	殷存毅、吕芳	1
动员式治理中的社会逻辑——对上海 K 社区一起拆违事件的实践考察	张虎祥	1
流程再造与我国行政服务中心建设研究——以北京市怀柔区行政服务中心为例	段龙飞	1

续表

题　名	作　者	被引用频次
经济发达地区农村社会阶层结构变迁——对浙江省绍兴县西蜀阜村的实证分析	张校军	1
冲突行为的经济学分析：一个简单分配冲突均衡模型	刘涛雄、胡鞍钢	1
汪利娜：《中国城市土地产权制度研究》	许根林	1
"司长策国论"：中国政策决策过程的科层结构与政策专家参与	朱旭峰	1
气候变化、公用地悲剧与中国的对策	齐晔	1
论公共行政学之本土化与国际化：知识创造和理论建构的特殊性与普遍性	吴琼恩	1
社会安全网的再编织：农村五保供养工作的困境与转型	顾昕、降薇、张秀兰	1
SARS：全球化下中国面临的治理挑战	Tony Saich	1
科林·吉利恩等：《全球社会养老保障——改革与发展》	杨燕绥	1
中国财政状况对国际收支经常项目的影响	王信	1

　　除了文献的被引次数，文献下载次数同样可以反映文献的受关注程度，从而反映文献的影响力。根据中国知网中国期刊全文数据库统计的文献下载次数，下载次数在前十位的文献如表6所示。数据显示王名的《中国NGO的发展现状及其政策分析》仍是下载次数最多的文章，高达1 414次。胡颖廉、薛澜、刘宗锦的《双向短缺：基本药物政策的制度分析——兼评"新医改"方案的缺陷》下载次数也较高，达到459次。同时，笔者发现在下载次数指标梳理下，一些《公共管理评论》中的评论性文章有较高的下载率，陶一瑾的《罗伯特·B.登哈特：〈公共组织理论(第三版)〉》、毕亮亮的《托马斯·R.戴伊：〈理解公共政策〉》等都有较高的下载率，这表明《公共管理评论》在评论性文章方面也有较大的影响力。

表6　文献被下载频次

题　名	作　者	被下载频次
中国NGO的发展现状及其政策分析	王名	1 414
双向短缺：基本药物政策的制度分析——兼评"新医改"方案的缺陷	胡颖廉、薛澜、刘宗锦	459
罗伯特·B.登哈特：《公共组织理论(第三版)》	陶一瑾	391
托马斯·R.戴伊：《理解公共政策》	毕亮亮	383
中国转轨期腐败特点和变化趋势的实证研究	过勇	381
民族主义与民主	王绍光	346
当代中国国家转型中的中央与地方分权	李晟	324
政策评估理论与实践研究综述	李瑛、康德颜、齐二石	324
曾仕强：《中国式管理》	耿国阶	317
盖伊·彼得斯、弗兰斯·冯尼斯潘：《公共政策工具：对公共管理工具的评价》	汝鹏	315

四、结 论

(1)《公共管理评论》在 2004 年和 2006 年迎来发文高峰期,其他年份发文量维持在 15～20 篇,保持较平稳的态势。同时,《公共管理评论》兼具研究性和评论性双重特点。

(2)从作者个人角度看,《公共管理评论》的作者分布比较分散;从作者单位角度看,《公共管理评论》在清华大学内部具有较强大的影响力,在国内与国际也具有一定的影响力。但同样可以看出《公共管理评论》过于倚重清华大学的研究力量,并没有成为一个具有全国均衡影响力的期刊。

(3)《公共管理评论》在研究领域的分布上还比较分散,尚未形成具有鲜明特色的研究重点领域。其中中国政治与国际政治、经济理论与经济思想史、行政学与国家行政管理、政治学、管理学、宏观经济与可持续发展、经济体制改革等方面是《公共管理评论》发表文章中的热点。

(4)从主题词(相关关键词)数量上可以看出,公共行政、区域发展、经济、政治、公共政策、危机管理、腐败问题是公共管理研究领域中的重要问题。从单个关键词角度看,寻租、治理、公共服务、危机管理是《公共管理评论》研究最为热点的问题。《公共管理评论》在研究领域上比较广泛,没有表现出有特色的专门研究领域。

(5)从影响力角度看,《公共管理评论》中的论文被引用率较高,但是被经常引用的经典文章数量还比较有限。在研究性文章被频频引用的同时,评论性文章的影响力也较大。

Academic Literature in *Public Management Review*

Fan Shuaibang

Abstract:This paper builds a statistical database of selected articles published in *Public Administration Review* between 2004 and 2010 to carry out an analysis based on some bibliometric indicators, including the total number of documents, distribution by authors, distribution by the journal, and keywords. The results reveal a coexistence of both research and commentary, a strong domestic and international influence, and a particularly high rate of wide use. However, we also find problems such as a strong dependence on sources, dispersion in the field, and so forth.

Key Words:Public Administration Review;Bibliometric Research

书　　评

王浦劬、萨拉蒙等：《政府向社会组织购买公共服务研究——中国与全球经验分析》

周秀平*

北京：北京大学出版社，2010,457 页，55.00 元，ISBN978-7-301-17007-6

由北京大学政府管理学院王浦劬教授和美国霍普金斯大学政策研究所莱斯特·M.萨拉蒙教授、美国天主教大学法学院卡拉·西蒙教授、中欧大学利昂·E.艾里什教授合著的《政府向社会组织购买公共服务研究——中国与全球经验分析》(以下简称《购买服务》)获得中国国家民政部 2009 年"中国社会组织建设与管理"理论研究课题一等奖，是时下全球公民社会和中国社会管理创新的理论与实证研究的一部国际比较研究力作。这一著作总结了中国 6 个城市和 10 个国家的政府向社会组织购买公共服务的总体情况和实际案例，分析了政府机制、市场机制和社会机制如何有机结合，创新公共服务供给的理念、政策与实施方案。

一、基本框架与主要内容

《购买服务》全书分上、下两篇，各篇由总体报告和案例研究或国家(或地区)研究组成。上篇专述中国政府向社会组织购买公共服务的总体情况和各省市的实际案例。下篇为政府向社会组织购买服务的全球经验分析，在概述全球各国政府向社会组织购买服务的概况后，分别对英格兰、法国、德国、荷兰、匈牙利、俄罗斯、澳大利亚、中国香港特别行政区、韩国和美国的政府购买公共服务情况进行了案例研究。在研究框架上，《购买服务》选择"三元主体"分析框架，即公共服务的供给者、生产者和消费者。作者认为，公共服务的供给者与生产者的角色分离是政府向社会组织购买公共服务的理论基础。政府作为公共服务的供给者不生产公共服务，是政府积极履行职能而非推卸责任的方式。

---

* 清华大学公共管理学院。通信地址：清华大学公共管理学院 NGO 所，100084。E-mail：fzzhouxp@gmail.com。

上篇的中国经验分析围绕五个问题展开:中国政府向社会组织购买公共服务的背景与动机何在?中国政府向社会组织购买公共服务的方式与机制是怎样的,效果如何?中国政府在购买服务的过程中遇到了哪些重大问题?在现有制度背景下,这些问题可能的解决方法和途径有哪些?最后是,中国政府的购买服务对中国政府职能转变、公共服务均衡化供给政策,以及中国事业单位体制的改革有什么意义与借鉴?

中国政府向社会组织购买公共服务的背景,一方面是全球公共治理新思潮的兴起,即市场的效率机制开始引入政府管理,希冀破除政府科层制下导致的低效率与官僚化,化解社会大众的不满,满足日益增长且多元的公共需求。另一方面源自中国自身的政府职能转变进程与社会管理创新的政策调整。为了适应经济体制的深刻变革、社会结构的深刻变动、利益格局的深刻调整、思想观念的深刻变化这一新形势[①],我们必须加快政府职能转变的步伐,创新社会管理体制。作为对公共治理新思潮的回应,发端于上海的政府购买服务开始向中国其他地区推广。作者认为,中国政府向社会组织购买服务的三个动机源于对化解三个矛盾的需要。它们分别是:①计划经济体制下形成的政府一元化管理思路与市场经济条件下多元化公共服务供给之间的矛盾;②重要的公共服务责任与相对匮乏的行政资源之间的矛盾;③严格的政府考核与有限的地方政府财政能力之间的矛盾。从购买方式看,有项目申请制、直接资助制、合同制三种,依据是否独立与是否存在竞争性两个维度。作者划分了四种购买模式,由于中国目前还没有出现依赖性竞争购买模式,作者重点分析了中国政府向社会组织购买服务的独立关系竞争性购买、独立关系非竞争性购买、依赖性关系非竞争性购买三种工作模式。从效果看,中国的购买服务推动了政府职能转变,有利于政府角色转型;提高了公共服务的质量,对政府部门构成示范效应;为事业单位改革提供了可以学习的新途径,降低了行政成本;促进了社会组织的发展,拓展了社会组织的社会空间;培养了社会志愿者,累积了一定的志愿资源;推动了我国城乡基本公共服务均等化政策的实施。但是,也出现很多问题,表现在:①购买行为"内部化",导致社会组织成为政府部门的延伸;②购买的标准模糊;③因社会组织缺乏谈判能力,导致原本应该是政府社会平等合作的关系变成单向度行动;④购买程序缺乏规范;⑤缺乏服务评价和监督的标准,导致成本难以控制;⑥因社会组织缺乏公众信任,导致购买过程中形成额外的成本。基于此,作者从转变观念、加强制度建设、加强契约化建设、健全购买流程、购买经费的公共预算、建立评估监督体系、促进政府纵向合作、实施社会管理创新、推进事业单位改革、加强公民教育十个方面提出具体的对策和建议。

下篇的全球经验具体包括三部分的内容,分别是:全球社会组织发展规模,以及各国对这些组织支持的程序与形式;特定国家、地区政府在向社会组织购买服务过程中积累了哪些经验;这些经验对中国政府向社会组织购买服务可能有哪些借鉴和参考。

从全球范围来看,社会组织已经成为一种主要的经济力量。霍普金斯非营利部门比较项目研究的数据统计显示,在全世界的41个国家里,社会组织雇用了近5 400万

---

① 中华人民共和国国民经济和社会发展第十二个五年规划纲要.新华社,2011-03-16.

全职人员,其中3 300万有薪酬,2 100万是志愿者,平均占这些国家经济活跃人口的
4.4%。但是,社会组织从业人员的规模和在总就业人口中所占的比例,在各个国家中
有很大的差距。社会组织从业人员比例占总就业人口比例最高的国家是荷兰,为
15%,最低的是罗马尼亚,不到1%。但社会组织活跃的领域在全球各国间较为一致,
基本以教育、社会服务、文化娱乐和卫生这四个领域为主,其就业人数占社会组织全部
从业人数的70%。政府是各国社会组织的主要财政来源,其规模远远大于慈善捐赠。
霍普金斯非营利部门比较项目的数据显示政府资助与慈善捐赠在社会组织收入中的
比例是2∶1。从支持形式来看,各国政府主要采用了两大工具,一种是生产方补助,
这一方式是为公共服务的生产者提供优惠,再由他们将服务提供给受益人;另一种是
消费方补助,通过某种形式的支付或保险直接提供给公共服务的受益人,由受益人自
行选择提供方。生产方的补助有整笔拨款、分类资助、整笔资助和合同四种形式;消
费方补助有服务消费券、税收优惠、贷款和贷款保证三种形式。总体来看,政府倾向于
使用更直接的工具,而提供公共服务的第三方更愿意采用间接的工具。全球其他国家
和地区在购买服务方面积累了如下经验和启示:政府与社会组织的合作趋势越来越
强;政府有继续参与政社合作的需要;是新型政府管理的需要;第三部门参与公共服
务供给的政策应该制度化;投资社会组织的能力建设是必要的。为此,作者认为可以
从五个方面为起步阶段的中国购买服务提供借鉴:①向社会组织购买服务是一个关
键性的政策调整;②必须在一个适当的法律框架内进行;③可以采用多元化的购买
形式;④政府必须多采用间接方式提供公共服务;⑤无论采用哪一种形式的购买服
务,必须在一些关键原则指导下进行。

二、主 要 贡 献

《购买服务》一书的主要贡献在于丰富了我国政府向社会组织购买服务的学术积
累,为中国公民社会的理论与经验研究提供了一些新的观点、看法和素材。同时,由于
课题组成员来自不同国家、不同的学科,在实质意义上推动了中国学术研究的国际合
作,推动了中国学术研究的国际影响。最后,《购买服务》书中总结的经验可为我国正
处于制定过程中的社会政策提供参考,为拟购买服务的各级政府部门提供有价值的
参考。

社会组织,国际学术领域较为通用的术语为非政府组织、非营利组织,成为公共管
理和我国国家发展政策的一个热点的时间还非常短。1995年,与第四届世界妇女大
会同期在北京举行的"世界妇女非政府组织论坛",使得非政府组织这一词汇在中国推
广开来。[①] 中国政府向社会组织购买服务,真正意义上是在1998年肇始于上海浦东
新区社会发展局委托上海基督教青年会管理罗山市民休闲中心。现代意义上的政府
向社会组织购买公共服务,无论是从理论研究还是从实践操作来看,中国都远远滞后

---

① 王名,刘求实.中国非政府组织发展的制度分析.中国非营利评论.北京:北京社会科学出版社,2008:
93.

于欧美国家。因之,这一领域的中国学术研究也就没有发展起来。政府向社会组织购买公共服务在我国还处于起步阶段,但因这一问题与我国的政治改革,尤其是包括人民团体和事业单位改革在内的政治改革并生,又牵涉中国社会组织发展的过去、现在与未来,显得十分重要,不仅进入国家的最高发展战略——写入中国国民经济与社会发展国家规划,而且实实在在成为包括中央政府在内的各级政府未来 5 年"社会管理、公共服务"职能履行中的头等大事。在这一背景下,《购买服务》通过对江苏、广东、上海、北京四省市六个地区的政府购买社会组织服务的案例分析,依据供给者、生产者和消费者三元主体框架,概括出独立关系竞争性购买、独立关系非竞争性购买和依赖性关系非竞争性购买三种购买模式,并对六个地区的购买经验及其存在的问题做出了富有启发性的总结和分析,为社会管理创新的学术研究、对策研究破了题。

随着崛起中国的形象在世界获得日益广泛的认可,中国的学术研究如何在国际学术研究特别是社会科学研究格局中取得一席之地成为当代中国社会科学研究者孜孜以求的目标。以 SSCI 为指标的学术评价体系逐步引入中国高校学术评价体制。撇开其合理与否,如何形成可操作化的方案等讨论,中国的社会科学研究像中国经济发展瞩目世界一样取得应有的世界地位,是合理且应该的。以王浦劬教授为代表的中国学术团队和以萨拉蒙教授为领军人物的国外学术团队,以同一个课题组的形式开展实质性的合作研究,为中国社会科学的国际化提供了一个值得学习的路径。无论是过去的"黄祸论"、"中国崩溃论"还是今天的"中国威胁论",都突显了一些西方人对中国、中国人、中国文化的先天敌视态度和根深蒂固的偏见,也说明国外学者对中国政治社会发展和中国社会科学研究的认识还很有限。自然科学的国际合作因其独特的便利早已如火如荼地开展,并且取得了丰硕的成果。相形之下,社会科学的国际合作还有很大的提升空间。现在,清华大学、北京大学、中国人民大学、南京大学、复旦大学、中山大学等中国一流高校一批富有远见的学科领头人正推动这一进程,《购买服务》一书恰是其中一粟。笔者相信且期待将有更多中外合作的精品社会科学研究成果问世。

中国各级政府向社会组织购买公共服务是大势所趋。各个地方在以不同方式和不同力度展开。但诚如《购买服务》作者所言,中国在购买服务方面还处于起步阶段,尤其是地方政府的部分官员,对向社会组织购买公共服务还存在不理解、不支持,更不知道如何具体操作。《购买服务》从购买服务的背景、意义尤其是政策意义深入剖析了其必然性和必须性。必然性在于社会大众日益增长且多元的公共需求与政府部门有限的供给能力之间的矛盾;必须性在于政府部门的绩效考核越来越严格,越来越专业,政府部门尤其是地方政府部门在财力匮乏、管理专业技能弱的双重约束下,为顺利通过上级部门的考核也不得不借助外脑和外力——社会组织及其专业资源。《购买服务》对中国 6 个相对发达地区的政府购买服务,从动机、操作方式、购买效果、经验和教训方面条分缕析,既为已购买社会组织服务的 6 个地区政府部门提供一面"自查"的镜子,也为后进的地区购买服务提供经验,帮助这些地方政府职能部门的官员和政策实施人员统一思想,少走弯路。

三、评论与感想

《购买服务》的价值在于破题，其不足也在于仅仅破了题，提出了问题，也给出了答案，但是这个答案还简单了些。

政府向社会组织购买服务的原因是什么？为什么各国政府向社会组织购买服务的方式、范围和程度会不同？作者对第一个问题的解答是，由于政府在公共产品和服务的公共方面低效率甚至无效率，社会组织已经成为一支重要的经济力量。如果我们将这一问题放到一个现实情境中，马上就会遭遇挑战，为什么政府没有效率，也有国家的政府是很有效率的，如新加坡。社会组织天然就能提供高效优质的公共服务吗？如果不是，有什么约束条件？为什么社会组织的兴起与发展会挑战政府的公共管理权威？如果说社会组织的价值在于其独立性，为什么41个国家的调查数据却得出政府资助是社会组织的主要财政来源？我们是否在摧毁一个神话的同时又堕入另一个神话？对于第二个问题，作者给出的解释是因为各个国家有不同的政府社会关系结构。这无异于循环论证。希冀在国别研究中得到深入分析的读者往往也会有些失望，国别研究涉及的数量达到10个，但缺乏深入研究。可能是限于篇幅的原因作者无法给出完整细致的解释。更有甚者，部分篇章仅仅援引霍普金斯非营利部门比较研究的数据，未免太过单一。

在研究方法上，该书通篇采用的是描述性分析。案例描述是质性研究经常采用的一种方法，这一方法的优势在于全面、透彻、深度展示对某一主题的分析。但《购买服务》一书中对案例的描述多停留在字面，无法展示研究者的深度与力度，难免有一种"期望愈高，失望愈大"的感觉。正因如此，我们才需要更多投入——政府向社会组织购买服务，创新社会管理——这一主题的研究中去。而《购买服务》一书为我们指明了前进的方向。

古斯塔夫·拉德布鲁赫:《法学导论》

万如意

北京:中国大百科全书出版社,1997,233 页,11.00 元,ISBN 7-5000-5803/D·30

  1878 年 11 月 21 日,古斯塔夫·兰贝特·拉德布鲁赫出生于德国吕贝克。求学中他师从弗朗茨·冯·李斯特。李斯特在拉德布鲁赫获得博士学位不久,就鼓励他选择学者之途。之后他任教于基尔大学和海德堡大学,担任过德国国民议会宪法制定委员会委员、海德堡大学法学院院长、德国司法部部长。拉德布鲁赫参与过《保卫共和国》、《德意志通用刑法典草案》等多个重要法律的立法;发表过《共和国的义务论》等多个著名演讲;除《法学导论》还出版过《法哲学纲要》、《费尔巴哈:一个法学家的生平》、《论刑法的优雅》等著作。其中,《法哲学纲要》最后出到第 8 版。《法学导论》是以其在曼海姆商业高等学校的讲义为基础发展而成的。该书自 1910 年出版后,在拉德布鲁赫生前出了 6 版,最后续版至 12 版,[①]产生了巨大的影响。

  在 19 世纪的德国,有太多的法学家迷恋形式上的理论,法律的探讨已经成为形式推演的争论。拉德布鲁赫希望能从哲学的实质内容讨论法律,这种想法为当时的风气之先,但也使他为主流社交圈不容。离开主流社交圈后,拉德布鲁赫结识了马克斯·韦伯,两人深入地探讨了法哲学的话题。《法学导论》的构思与成文也是在韦伯的鼓励下完成的。[②] 反观眼下的中国,潘德克顿主义对民法乃至其他部门法的影响颇深[③],然而人格抽象与形式推演的技术不仅容易陷入工具理性的陷阱,也不符合当下中国科学发展的统筹需要。因此,本书的阅读对当下的中国学者有积极意义。

一、全书概况——法律体系的构建

  我们的生活需要秩序,秩序总能从某种法则找到对应,这也是人们认识世界的过程。第一章从必然法则与应然法则的区别切入,阐述了法律的产生。17 世纪盛行的

---

① 阿图尔·考夫曼.古斯塔夫·拉德布鲁赫传——法律思想家、哲学家和社会民主主义者.北京:法律出版社,2004:212.

② 阿图尔·考夫曼.古斯塔夫·拉德布鲁赫传——法律思想家、哲学家和社会民主主义者.北京:法律出版社,2004:40-45.

③ 中国民法继受潘德克顿法学影响.中国社会科学,2008(2).

法哲学流派奉行自然法则,他们认为,法律法则不是人类的发明,而只是发现;不是规定,而只是确定。法律法则的效力超越了人类立法者的原意,因此法哲学家取代了立法者的地位。然而在法哲学家眼中,完全不论法律观的历史转折和民族多样化。于是,合法与公正的纠结在法律工作者这一职业上体现出来。他们找到法律语言使法律具有公正性的同时还能保证法律秩序本身的存在。法律语言逐渐克服了劝服的、使人信服的、说教的风格,使制定法脱胎于自然法。19 世纪的科学取向被历史法学派采纳后,法学参与立法越来越多,习惯法逐步受到排斥。这才使法律作为社会措施及社会目的体系中的组成部分出现。

国家和国家法并不是两类不同事物,不是原因和结果或结果和原因,而是一种或同种处于不同视角下的事物。第二章以圣神罗马帝国为例,从欧洲宪法形式的开端——等级国家开始分析,围绕国家活动与公民自由界限的历史演变脉络,阐述了立宪国家产生的过程。从君主制国家到议会制国家、联邦制国家,以及后来的共和制国家。拉德布鲁赫选取欧洲各国的典型政体的案例分析,其中重点以俾斯麦宪法向魏玛宪法的发展为例,做了大量比较分析。

从法律产生的根本来看,国家法是所有其他法律的源泉:它创造了国家并规定国家的意志构成,根据这种国家意志,又进一步产生制定法形式的其他法律规则。但以历史的思考方法来看,这种关系恰恰相反。涉及我的和你的、商业的和交往的、家庭的和继承的法律,构成较为稳定的基础,相比之下国家法则构成可以改变的"上层建筑"。这个基础就是私法。作者认为日耳曼法的基础是公法,而罗马法的基础是私法。[①] 第三章对私法从文艺复兴的个人主义思想运动为切入点,以罗马法为基础,阐述了权利、权利主体等概念的出现,以及后来的物权、债权的分化和形式平等的法律秩序原则。这就构成了后来私法体系的核心。在私法领域中,有这么一批人,他们精于识别自己的利益,并且毫无顾忌地追求自身利益,他们极端自私和聪明,他们叫做商人。商人是个人主义的典型形象,把商人作为规范对象的法就是商法。[②] 第四章以商业的历史发展为视角,阐述了商号、惯例的出现。商号使该名义与其创设人分离。惯例奠定了契约自治的秩序原则。这些就构成了后来商法体系的核心。

然而,在社会关系和思潮的巨大变革中,由于对"社会法"的追求,私法与公法、民法与行政法、契约法与法律之间的僵死划分已经越来越趋于动摇。两类法律逐渐不可分地渗透融合,从而产生一个全新的法律领域,它既不是私法,也不是公法,而是崭新的第三类:经济法与劳动法。第五章从私法的视角出发,发现意识自治与形式平等的观点忽视了一个在任何经济关系中都是最大的利害关系人:公众。于是国家不再任由纯粹私法保护自由竞争,加之频繁的战争所引发的战时经济,使得"强制契约"越来越常见,构成经济法体系的核心。此外,形式平等的私法不过问真实生活中大量存在的雇员与雇主之间的权力服从关系,也不过问工人阶级的联盟和企业主联盟。因此要通过国家对契约自由的限制,重新将劳动关系作为人身权利关系设立,以实现劳动者

---

① 拉德布鲁赫.法学导论.北京:中国大百科全书出版社,1997:56.

② 拉德布鲁赫.法学导论.北京:中国大百科全书出版社,1997:72.

的人权保障。这就是劳动法体系的核心。

国家的统治来自其权威,那么权威又来自哪里呢? 如果冒犯权威,国家会使冒犯者痛苦。这种报复与威吓就形成并维系着国家权威。第六章批判了报复罚中个人主义思想,也批判了教育罚和保安罚的模糊性,并以此为起点阐述了死刑、名誉刑、囚禁刑、自由刑和罚金刑的产生及其思潮。这就构成刑罚体系的核心。此外,拉德布鲁赫对犯罪的分类梳理则继承了李斯特的犯罪论体系。这就构成后来刑法体系的核心。

在国家与个人之间不仅有权威,还有尊重,而且尊重是政权合法性的根基。赋予与国家利益相对立的私人利益在法律上的请求权,并尊重它,赋予相互义务与权利,于是就产生了行政法的基础。这种尊重表现为公民可基于所赋予的权利提出请求权。这与民事法律中的请求权是不同的。第九章阐述了行政诉讼和法律保留对于法治国家的重要意义,以及行政保护和自治对于宪政国家思想同等重要的意义。拉德布鲁赫的论述还得到一个著名的结论:行政法是社会的法律,在将来社会主义的福利国家中,民法可能会完全融合在行政法中。①

法律的力量不仅源自它是用以评价的规范,更是因为它能够产生效果。法律规范一旦离开创制它的立法者之手,即出现一个显著转变:它为一个目的而创制,但它的适用却不是为此目的,而是纯粹为着其自身存在的目的。法律通过适用从精神王国进入现实王国,并开始控制社会生活关系,而这个掌控者就是法官。第七章从法官独立性和客观性角度出发,阐述了法律自由运动带来的司法独立于行政的原则,以及为防止法官创制法的合议庭和多元审级制度。如果法律成为社会生活的形式,那么程序法就是这种形式的形式了。如果法律是为实现社会作用的一种工具,那么程序法就是这种工具的工具了。第八章以刑事程序的转变为切入点,阐述了纠问程序和证据原则的发展。纠问程序逐渐剔除刑讯,而证据原则逐步采纳自由心证原则。拉德布鲁赫还介绍了后来的公开原则、存疑有利被告原则等重要的演化发展。这些在后来都构成程序法体系的核心原则。

对于整个社会而言,存在几类并行的规范,每类规范都发号施令。但却缺少一个彼此都承认的仲裁者对主权之争做出最终裁判。国家与教会之间的冲突就是这类。为了协调这样的冲突,教会法就给出一个政教协定。第十章从中世纪的宗教权力和世俗权力的斗争切入,阐述了代表皇帝的《撒克逊法鉴》与代表教皇的《施瓦本法鉴》的冲突。以此为起点,拉德布鲁赫逐个描述了新教、天主教、路德教与国家政权融合的演化脉络。直到1918年教会与国家一起从君主立宪制进入共和制,由此实现政教分离。魏玛宪法不设国教,而教会作为社团得到承认。

同样的,在无政府主义的国际社会中,国家之上没有一个更高的权力能作为立法权、司法权和行政权进行活动。那么,国家与别的国家之间的行为是否有规范? 是否能规范? 第十一章从超国家的国际法法律本质争论切入,阐述了国际法自从魏玛宪法规定"公认的国际法的规定是为有拘束力的德意志联邦法律组成部分"以来成为了真

---

① 拉德布鲁赫.法学导论.北京:中国大百科全书出版社,1997:137.

正的法律。拉德布鲁赫从古代、中世纪的国家间活动一直论述到格劳修斯的思想。此后便有了国际会议、国际立法机构、国际行政机关，也有了以国家为规范对象的战争法、海战法，还建立了国际法院居中裁判。伴随着人类对战争的翻然醒悟，国际法逐步获得更多的承认。①

　　构架了整个法律体系之后，拉德布鲁赫还对作为一门学科的法学做了阐述。第十二章详细阐述了法学的任务是解释、构造和体系。解释是寻求国家的意志的工作，构造与体系则是寻求法律目的的工作。这些工作的核心是正义的责任。

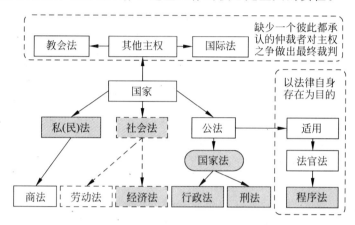

拉德布鲁赫的法律体系构建

二、本书的突出贡献

　　通过这本书，可以看到法律作为一项人类文明智慧的高度体现，如何从文明的土壤中出生、成长、成熟；也可以看到各个法律部门之间是如何像人的五官四肢一样，有机协调地发挥着各自作用。

1. 从哲学的实质内容出发

　　《法学导论》取得如此大的成就，有个原因是：当我们这个世纪中的大多数法哲学家和法律理论家醉心于形式上的理论时，如法律概念和规范结构，拉德布鲁赫却是最先发展了法哲学实质内容的法哲学家之一。② 这与他的人生经历也有关系。1903年年底，25岁的拉德布鲁赫成为大学编外讲师。然而他觉察到自己"在思想和见识上完全没有准备好，在性格上还不够成熟"。③ 他努力克服胆怯，学会迎合别人。但不久，他仍违反社交礼数，甚至退出海德堡"枢密顾问社交界"，进入同样崇尚自由交际的圈子。在这个圈子里他结识了马克斯·韦伯。他们深入地探讨了法哲学话题。受到韦

---

① 这章是拉德布鲁赫在《法学导论》第7/8版加入的新内容。
② 阿图尔·考夫曼.法学导论.北京：中国大百科全书出版社，1997：中译版序言.
③ 古斯塔夫·拉德布鲁赫.心灵之路：我的生活片段.哥廷根，1962：65-66.

伯的鼓励,拉德布鲁赫在 1910 年出版了《法学导论》。① 从第二章的简述中可以看到每个部门法的论述都是扎扎实实地从历史和哲学内容推演出来的,其深度绝非一般导论性书籍中的内容堆砌所能企及。

2．语言及对象的非法律化

《法学导论》取得如此大的成就,还有个原因:拉德布鲁赫不仅不为概念和抽象的思维所羁绊,而且还使既有的概念重新面对实际。这是一种类型学和分析学的思维,它比现今大多数法学著作所采用的形式抽象语言恰恰更适用于东亚人。② 也可能是受拉德布鲁赫对当时传统交际风格挑战的习惯的影响,这本书的写作也呈现出标新立异的特点:一半是理论性的,一半是百科全书性的;一半是学术性的,一半是文学性的。拉德布鲁赫不想让这本书只适于法律界人,而是想它适于各行各业的文化人。③

拉德布鲁赫自己认为,他所写的这本书,恰恰是过去他本人作为一位未来法律工作者喜欢读但又没有的书。他也希望"本书不仅要提供法学的一个轮廓,而且同样还要提供法学的一部导论:它将把法律从更使我们感兴趣、更接近我们内心深处的知识和思想领域引向法律科学的门槛,而法律又与国家观、世界观、生活观等相互关联"。④

正是因为这本法学书籍的文学性、历史性和哲学性,使读者,特别是年轻的读者,一点都不会感到他所面对的是"理论"。⑤ 难怪大律师马克斯·哈亨堡对该书给予极高的赞美:"我们今天的年轻人在拉德布鲁赫的《法学导论》中占据特殊的地位,为此他们应当值得羡慕。"⑥

3．法律体系的建构及对中国的借鉴意义

在中国的法制改革进程中,以宪法为核心,以法律为主干,包括行政法规、地方性法规等规范性文件在内,由七个法律部门、三个层次法律规范构成的中国特色社会主义法律体系已经基本形成。⑦ 七个法律部门指的是:宪法及宪法相关法、民商法、行政法、经济法、社会法、刑法、诉讼及非诉讼程序法。法律体系的形成,正如拉德布鲁赫所言,法律内容的目的论构造和系统化被一种依法律形式产生的构造和系统化打上了烙印:公法和私法、物法和人法。这些法律制度的基本划分恰恰不是出于法律的目的,而是出自法律的形式。

为了从目的论阐述中国特色社会主义法律体系,需要目的论的解释。笔者认为尤其在中国特殊阶段性与历史性下,这项工作更加重要。正如王兆国同志所说,看法律

---

① 阿图尔·考夫曼.古斯塔夫·拉德布鲁赫传——法律思想家、哲学家和社会民主主义者.北京:法律出版社,2004：40-45.

② 阿图尔·考夫曼.法学导论.北京:中国大百科全书出版社,1997：中译版序言.

③ 阿图尔·考夫曼.古斯塔夫·拉德布鲁赫传——法律思想家、哲学家和社会民主主义者.北京:法律出版社,2004：40-45.

④ 拉德布鲁赫.法学导论.北京:中国大百科全书出版社,1997：第7/8版序言.

⑤ 阿图尔·考夫曼.法学导论.北京:中国大百科全书出版社,1997：中译版序言.

⑥ 马克斯·哈亨堡.一个律师的生平回忆.杜塞尔多夫,1927：35.

⑦ 2011 年 1 月 24 日,吴邦国在形成中国特色社会主义法律体系座谈会上的讲话中提到:"中国特色社会主义法律体系已经形成。"

体系的形成,还要从我国的国情和实际出发。① 中国特色社会主义法律体系对应拉德布鲁赫的体系,就是前面图中的深色部分。从图中可以看到,除教会法和国际法,还是有较好的对应。这与中国法律,尤其是公法,对欧洲大陆法系法律继承有很大关系。拉德布鲁赫对法律体系的论述是从国家的本质论述的。那么在中国特色社会主义法律体系构建工作中,是否应当借鉴这种从历史、哲学角度论述不同法律部门的核心价值及其成立理由?

三、该书的局限

1.行文结构的限制

本书 200 多页中论述了法律的产生,这涵盖了大量的法理学内容。在随后的十章中分别阐述了法律部门的核心体系及其形成与演变,而且都是从哲学的层面分析论证。因此,本书对每个法律部门的论述无法做到面面俱到,尤其像刑法与行政法的许多内容并没有涉及,让人读完意犹未尽。当然,拉德布鲁赫的写作目的就是止步于哲学推演,让读者,尤其是年轻读者,掌握本书提供的基本框架和脉络之后,再清晰地翻阅部门法的论述。

2.历史的局限

本书的历史视角与哲学层面的论述是十分赏心悦目的。书中覆盖了古代到中世纪再到 20 世纪初,涉及自然法则、个人主义回归、三权分立等思潮,论及专制、君主制、议会制、总统制、共和制政体,然而对社会主义的论述极少。19 世纪初以前的社会主义普遍是空想主义色彩的,直到马克思才将社会主义科学化②。将社会主义政权性质写入宪法是 1919 年的苏联,此后全球范围内越来越多的无产阶级逐渐取得政权。《法学导论》出版于 1910 年,尽管在此后的 39 年③拉德布鲁赫为社会主义付出毕生的心血④。但本书对社会主义,尤其社会主义法律发展的论述较少,使读者不能从这本恢弘的、以历史哲学视角描述法律发展的书中读到社会主义法律,十分遗憾。

---

① 王兆国.关于形成中国特色社会主义法律体系的几个问题.人民日报,2010-11-15(1).

② 有些早期的共产党人,如拉布里奥拉、葛兰西甚至还将马克思主义看成是一门实践哲学。详见田时纲.狱中书简.2 版.北京：人民出版社,2008：译序。

③ 拉德布鲁赫殁于 1949 年 11 月 23 日。

④ 1919 年,在凡尔赛合约签署的当年,拉德布鲁赫加入德国社会民主党。1921 年费伦巴赫内阁倒台之后,拉德布鲁赫出任维尔特内阁的司法部长。甚至直到临终前 4 个月,拉德布鲁赫还为所著《社会主义文化论》第三版写了后记。

安东尼·吉登斯:《气候变化的政治》

刘　冰*

北京:社会科学文献出版社,2009,315 页,35 元,ISBN:978-7-5097-1162-0

英国著名社会学家、政治学家安东尼·吉登斯无疑是当今世界最重要的思想家之一,他向世界贡献过"结构化理论"、"现代性"、"全球化"、"第三条道路"、"风险社会"等风靡全球的理论,与罗尔斯、哈贝马斯等思想家一起引领了 20 世纪中后期全球社会理论的发展。最近几年,他的思想与现实更加接近,开始关注与全球发展攸关的重大主题。在他的最新力作《气候变化的政治》中,吉登斯并没有致力于构建新的理论体系,而是从务实地解决问题的角度,将所有应对气候变化的行动整合在一个相互融合的框架内,浓缩为几条简洁明了的操作原则,再次展现了理论大师的思想穿透力和超越的政治智慧。

一、观念革命:乐观主义和积极作为

气候变化首次作为一个受国际社会关注的问题提上议事日程是 1979 年在瑞士日内瓦召开的第一次世界气候大会。此后,1988 年联合国政府间气候变化专门委员会(IPCC)成立、1992 年《联合国气候变化框架公约》通过、1997 年《京都议定书》签署等一系列里程碑事件标志应对气候变化已经成为全球性的重大议题。

尽管和 30 多年前相比,有关气候变化的知识得到广泛的传播,人们已经逐渐认识气候变化最终可能威胁人类生存,但是在应对气候变化的观念上还存在种种混乱。其一为表现消极,全球变暖带来的危险尽管看起来很可怕,但是它既没有全球贫困问题的紧迫,也没有恐怖主义的震撼。全球升温是一个人们难以察觉的日积月累的过程,人们认为在自己可以预见的未来不会遭受灭顶之灾,因此不会采取任何积极行动。当气候变化变得不可逆转的时候,人类已无任何行动的余地。这正是著名的"吉登斯悖论(Giddens Paradox)"所表述的重要思想。简而言之,即人类在尚可以从容应对气候变化问题时无所作为,而当气候变化真正严重的时候已经没有任何行动余地。另一种

---

* 清华大学公共管理学院。通信地址:清华大学公共管理学院,100084。E-mail:liu-bing@tsinghua.edu. cn。

观念则与此相反,表现为极度悲观。全球变暖、海平面上升、极端天气事件频发、生物多样性遭到破坏……气候变化的灾难性后果已经由科学家的预言一步步转变成威胁人类生存的现实。以灾难为主题的末日文学,电影大片《后天》、《2012》等,更将这种恐惧极大地具体化了,"世界末日"情绪开始在一些人群中蔓延,甚至影响了正常的工作和生活,人们以为唯一的选择只能是坐以待毙,采取的对策居然是可笑的及时行乐。第三种观念是环保主义者所倡导的谨慎原则。环保主义者是应对气候变化的先锋派,但是并不一定秉持正确的观念。谨慎原则被写进无数与全球变暖有关的官方文献,仅仅关注气候变化具有风险的一面,即损害的可能性,而忽视了应对气候变化可能带来的机遇和发展,阻碍了创新和冒险的尝试。保守的观念可能无法找到解决气候问题的根本道路。

针对这些思想的混乱,吉登斯表现出尊重客观事实的乐观主义精神。他在开篇就指出,"这是一部有关噩梦、灾变——和梦想——的书"。全球变暖的事实是不容置疑的,也正是基于此,吉登斯努力将气候变化问题推向政治议程的中心。吉登斯看到困难重重,"某些政策必定还有很艰难的路要走,其中许多不会受人欢迎,甚至会遭到激烈的反对。强大的利益往往横亘在改革的路上,我们必须越过它们。……技术变革需要花很多年时间才能渗透整个经济和社会。没有什么立竿见影的东西可以让我们处理我们面临的问题——即使有了我们所需要的、事实上必须有的突破,它也将是一段漫漫历程"。在确认了气候变化可能带来的"噩梦"、"灾变"之后,吉登斯更加注重的是"梦想"。他满怀信心地写道:"即使面对艰难险阻,如果处理得当,我们也能——事实上差不多总在这样做——将阻力转化为新的机遇。"在憧憬解决气候问题的未来时,吉登斯甚至毫不回避乌托邦式的理想主义,"如果我们找得到路,那边就有另一个世界在等着我们。在那个世界,不仅气候变化已经被降伏,而且石油也失去了它决定世界政治形态的能力"。

这样的乐观主义并不是停留在口号上的盲目乐观,而是建立在实际行动基础之上。应对气候变化的行动包括以风险管理为核心的减缓和适应行动。在看待气候变化问题所形成的挑战上,吉登斯总是采取辩证的视角,他认为挑战和机遇并存,因此在风险管理中提出"比例原则",主张从成本—收益的对比中权衡挑战和机遇的分量,从而做出合理的选择。"在评估风险时,不管灾难有多大,对某些形式的行动进行一定的成本—收益分析几乎总是必要的。也就是说,我们必须根据与获得的收益关联发生的成本来评估风险和机遇。"可见,吉登斯的"比例原则"完全不同于环保主义者所倡导的"谨慎原则"。谨慎原则可能会由于过度的保守而与气候变化带来的机遇失之交臂。谨慎原则也许是安全的、万无一失的,但不是进步的、发展的。而吉登斯的"比例原则"在化险为夷、转危为安的过程中还在积极地利用和把握机会,因此在减缓的过程中可能推动世界经济的新一轮发展。在适应行动上,吉登斯提出"抢先适应(proactive adaptation)"的原则,不仅指出适应行动的前瞻性,同时也强调发展和适应相互伴随、相互交织的特点。"一个国家的收入水平和它抵抗与天气有关的冲击的能力之间有着系统相关性",这种观念和吉登斯在其后提出的"发展要务"是一脉相承的。吉登斯在减缓和适应行动方面的主张充分体现了乐观主义的精神和积极有为的态度。

和一部分环保人士的宣传策略不同，吉登斯反对通过描绘全球变暖的悲惨结局作为激励人们立即行动的主要方法。"一味激起恐惧和不安的策略，或者一边只知道告诉民众减少这节约那，另一边又希望他们一直擦亮眼睛盯着气候进程的策略，很可能不会奏效。"恐惧和忧虑并不一定是好的鞭策。吉登斯主张"走一条不同于流行做法的新的路径。必须将重点既放在积极面上也放在消极面上，只放在机遇上而不是放在自暴自弃上"。吉登斯举了一个让家庭更节能的例子，世界上已经有许多国家在这方面取得了重大进步。它们是如何做到的？不是靠吓唬民众，而是靠强调把家里弄得温暖舒适、风雨不侵还省钱的好处。这正是乐观主义精神在行动中体现出来的力量。在应对气候变化问题上，人们的思维和行动是建立在悲观消极观念上，还是建立在乐观有为观念上，其结果是完全不同的。只有人们认为改变人的生活方式有助于减缓和避免气候变化的危害，才能产生真正的行动力；也只有从正面的角度激励和引导人们有意识地推行节能环保的绿色生活方式，才能产生正向的推动作用，而处罚和约束并不是首选方案。"在遇到应对气候变化这样的问题时，拿大棒赶着民众去服从是行不通的"。

二、行动主体：保障型国家

观念的转变是人们在应对气候变化的问题上要达成的思想共识。那么实施应对气候变化方案这一重任应该由谁来完成呢？吉登斯构造了一个强有力的国家概念，即"保障型国家（ensuring state）"[①]，"它意味着国家应负责监督公共目标，并负责保证这些目标以一种可见的、可接受的方式实现"。在主导气候变化行动上，吉登斯极大地凸显了"保障型国家"所起到的作用，他说："我不想否认达成国际协议的重要性，也不想否认许多别的机构，包括非政府组织和企业将扮演的重要角色。然而，不管是好是坏，国家总保有许多权力，这些权力如要在全球变暖问题上有重大的作为就必须予以利用。"这样的观点与另一位美国学者托马斯·弗里德曼的观点不谋而合。弗里德曼在批评美国政府在应对气候变化问题上的迟滞和低效之后，还是将希望寄托在政府身上，认为只有政府引领才可能凝聚一切应对气候变化行动的能量。[②]

尽管在行动主体上，吉登斯毫不含糊地将国家推向前台，但是对国家的应对行为似乎有些拿捏不定。弗里德曼目睹政府中的党派纷争和政治作秀之后，为了实现政府的主导作用，提出一个惊人的方案，即让美国成为中国一天，在这一天中，通过借用中国"自上而下"的政治运作和政策执行方式，将所有有益于减缓气候变化问题的方案以

---

① 在有些文献中译作"保证型国家"。

② Thomas L. Friedman. Hot, Flat and Crowed——Why We Need a Green Revolution and How It Can Renew America. New York: Farrar, Straus and Giroux, 2008.

高效和权威的方式固定下来,然后再重新回到美国式的民主政治体制之下。① 这种主张充满浪漫主义色彩,反映了对民主体制下行动能力的失望,同时又明确地表达了对"自上而下"的计划和干预模式的羡慕。同样的,吉登斯也深刻地观察到一次次的政治斗争和内阁更迭,使气候变化议程变成一个赢取选票的筹码,而没有人真的关心到底有多少应对气候变化的行动落到实处。但是深受西方民主思想熏陶的吉登斯并没有像弗里德曼一样明确主张计划模式,而是在第五章标题"回归计划"的后面画上了重重的问号,这个问号表明吉登斯对计划模式在气候问题上所能发挥的作用有所迟疑。因此,他在表述"保障型国家"这一概念时十分谨慎,他说:"国家,如保障型国家,其角色应该是什么?它的主要职责必须是起到一种催化剂、一名协调员的作用,但是,只要涉及气候变化和能源安全,它当然还必须要尽力做好保障工作(p. 103)。"从这一表述中,我们可以推测,在从市场到国家、从自由到干预,从自下而上到自上而下的这个连续的轴线中,保障型国家更靠近市场、自由和自下而上的这一端。这种判断可以在如下的表述中得到印证。吉登斯认为保障型国家的"首要的角色是帮着激发起多元化的团体在集体问题上达成解决方案,许多这类团体是按照一种自下而上的方式行事的"(p. 79)。可见,吉登斯主张以国家为主体推动节能环保行动,但在是否需要计划方面显得犹豫不决,和当初设计"第三条道路"一样,吉登斯再次采取折中态度,一方面强调"如今必须有一种向更大的国家干预主义的回归"(p. 108);另一方面又指出"向计划的回归绝不是一个直线的过程。在面对气候变化的需求时,计划必须与民主自由相和谐,某些民主自由还应该得到积极的扩大,而不是削弱。在政治中心、区域和地方之间,将有一个相互掣肘的过程,这个问题必须通过民主机制来解决"(p. 109)。事实上,吉登斯和弗里德曼一样已经多次目睹所谓的民主机制带来的停顿和混乱,尽管他主张"建立一个比英国建立的气候变化委员会还要强大的监督机构。它不应该只是咨询性的,而应该有干预和立法的能力"(p. 132)。但是他并不主张在气候问题上全盘实施"自上而下"的计划。

　　既然不是"自上而下"的计划,那么应对气候变化的政策可能因为政府的更替而改弦更张,甚至南辕北辙。正是在这种西方民主的政治环境下,吉登斯花了很大的篇幅探索如何将气候变化问题置于政治关切的最前端。这是西方国家多党执政情况下面临的特殊的难题。吉登斯的解决办法是在各党派之间达成"政治协约",这种"协约除了涵盖目的,还要涵盖手段,除了面向短期,还要面向长期"。但是,这仍是吉登斯所设想的一种理想状态,在现实的政治中,各党派围绕选票所展开的争夺超越了对所有问题保持连续性和前瞻性的冷静,吉登斯所希望的"政治协约"在现实中的确遥不可及。因此,"保障型国家"的作用在解决气候问题上固然重要,但是西方多党纷争的政治格局下,有可能只是一重幻影。

---

　　① Thomas L. Friedman. Hot, Flat and Crowed—Why We Need a Green Revolution and How It Can Renew America. New York: Farrar, Straus and Giroux, 2008.

三、操作方案:"政治敛合"和"经济敛合"

如果说"保障型国家"只是一个缺乏根基的空中楼阁,那么真正展现了吉登斯大智慧的观点非"政治敛合"和"经济敛合"这两个原则莫属,这也是吉登斯在庞大的应对方案设计中两条最基本的思路。"政治敛合(political convergence)"是指"与减缓气候变化有关的政策和其他领域的公共政策积极重叠以至于彼此都可以用来牵制对方"。吉登斯举例说明了"政治敛合"的含义。在人们正处在"吉登斯悖论"困境中时,人们认为危险还很遥远,不可触摸、感觉不到,这种条件下,要单独实施以遏制气候变化影响的政策难以获得公众支持,但是气候政策可以整合到其他公众关切的政策中去,比如,大城市中人们日益受到汽车保有量持续增长和交通拥堵的困扰时,会从内心欢迎治理交通的公共政策,具有远见卓识的政策制定者就可以利用这样的契机不失时机地升级公共交通,通过燃油税、停车费、车辆限行等方式调节私家车的出行,这一公共政策表面上是治理公共交通问题,实际收到的效果是城市总体废气排放量明显下降,公众一旦形成以公共交通为主的出行方式,将对减缓气候变化产生深远的影响。吉登斯指出:"最重要的政治敛合领域当属能源安全、能源计划、技术创新、生活方式政治以及富裕程度的滑坡。最大的、最有希望的敛合当属气候变化政策与超越 GDP 的福利走向之间的敛合。"

"经济敛合(economic convergence)"则是指"低碳技术、商业运作方式、生活方式与经济竞争性的重叠"。"经济敛合"从本质上说是依靠经济利益驱动的减缓和适应气候变化的行为。引导经济中的微观主体选择减缓气候变化的生产和生活方式时,最有效果的政策当属经济利益的引导。在合适的政策体系下,企业发现进入新能源等行业是有利可图的,消费者发现选择低碳生活方式是成本节约的,那么相应的行为就会成为主流。从国家的角度来看,国家应对气候变化的方案不是孤立的,而是与国家发展战略紧密结合。当前大部分国家已经认识到低碳技术可能主宰未来,抢占新的技术制高点将为下一轮经济实力的较量奠定竞争优势。经济敛合的思想还渗透在国际合作活动中,发达国家在帮助发展中国家减缓和适应气候变化影响时,必须将发展中国家的经济利益诉求整合到简单的技术转让等形式中去,这样的国际合作将是深入、持久、高效的,否则国际合作将流于形式,并充满国家之间出于安全考虑的戒备和排斥。吉登斯说:"技术转让并不一定能够提高受让国的竞争力。我们应该放弃简单的技术转让,而致力于打造这样一种情景,即这类转让有旨在应用和推广技术的投资相伴随——通过提供技术培训或者提高发展中国家内部的资助研发能力。只要有可能,就不应仅仅致力于引进高技术机器或产品,而应该致力于打造高技术知识和低碳知识之间的联系。这就是说,形成地方的知识。""经济敛合"政策以利益驱动为原动力,充分尊重了经济学中的"理性经济人"的假定,并以此为出发点设计公共政策,和普通的引导教化相比,这是一种更强有力的政策措施。

从本质上说,"政治敛合"和"经济敛合"体现了"双赢"或"多赢"的思想,只有这样的气候政策才能真正得以支持和贯彻,脱离了对各类行为主体的利益诱导和现实关切,所有的政策都会成为无本之木,并最终流于形式。

四、政策领域:技术创新和财政政策

在政策工具的选择上,吉登斯仍然在污染监管、财政调控、采取适应行动等传统行动上老调重弹,并没有新的见解。但在两个重要的政策领域——技术和税收——吉登斯进行了全面系统的思考。

技术创新是一切气候变化战略的核心内容。国家和政府在催生这类创新方面必须扮演关键角色,因为某种管制框架,包括激励机制和其他税收机制将是必不可少的。当前,新能源技术一哄而上,但是各自的发展前景并不明朗,每一种技术的发展都是一波三折。比如,日本大地震引发福岛核电站泄漏事故发生之后,曾经大受追捧的核能遇到了前所未有的发展困境,德国、瑞士等国纷纷制定关闭核电站的时间表,计划全面放弃核能。但是将核能从能源阵列中拿下来的风险也是相当大的,太阳能、风能、生物燃料的发展前景并不明朗。在充满风险和不确定性的技术创新领域,公共政策应该作何定位? 吉登斯首先主张政府的干预和扶持。第一,大部分的新能源技术发展都有一个完整的生命周期,在技术萌芽期,新生技术很不稳定,在成为成熟技术之前,有一个或长或短的资本市场无法填补的空当期,这就需要政府的实质性干预,包括各种补贴和政策优惠。第二,正是由于技术选择具有巨大的风险,吉登斯主张走能源供给渠道多元化道路,政府应"扶持尽可能大范围的技术,这相当于市场普遍风险中的组合投资法"。第三,政府应该保持"技术中性",也就是说,政府"不对关系最密切、影响最深远的创新会在哪里发生抱先入之见"。政府大范围地扶植技术创新,但不主导技术发展方向,将对技术的选择交给市场完成。第四,确保国家资助不会导致类似福利依赖的结果。这一点在国有经济或垄断经济所占比重很大的国家中有十分现实的意义,许多享受国家资助好处的企业会千方百计地延续福利依赖,受到扶植的企业和产业将政府资助视为是天然的权力,因而反对改革,创新效率低下。这些思想在拟定一国技术创新政策时具有普适性的启发意义。

在碳税和碳市场的争论中,吉登斯虽然认为两者可以和谐共存,但是明显地更倾向于是碳税的支持者。碳税的根本出发点是将环境问题的外部成本内部化,吉登斯将其概括为"污染者付费",这是经济学为解决类似"公地悲剧"这种由于外部性所导致的市场失灵时设计的一个重要方案。但是从实践经验看,碳税的实施至少面临两大方面的担忧:第一,碳税能否实现减排。芬兰、瑞典、挪威和冰岛等一些北欧国家是碳税的先行者,在20世纪90年代就开始引入碳税,尽管实行碳税的大部分国家都一定程度的遏制了温室气体的排放,但是从总量上看,只有丹麦一个国家的碳排放绝对值有所下降。第二,碳税对经济发展的冲击有多大,或者说,实施碳税的负作用有多大。碳税遭受非议的主要原因是妨碍了经济的发展,特别是在各国碳税实施进程不一的情况下,将严重影响国内企业的国际竞争力。针对消费环节开征的碳税,也许在降低碳排放方面作用有限,反而极大地加重了低收入群体的负担,成为产生新的不平等的根源。因此,吉登斯主张将以处罚为主的"污染者付费"原则修改为激励和惩罚相结合的原则,并且应该首先使用激励原则,而不是惩罚。"运用激励的手段可以引导家庭落实节能措施,而对于所有在一定时间之后仍然没有采取步骤执行这些措施的家庭,则可以向他们征收一种'气候变化附加费'。"当然这样的政策是否奏效还需要实践检验,但是从吉登斯的建议中至少可以得到的启发是,碳税的实施不是单独奏效的,需要其他政策的配套和联动。因此,对政策制定者而言,采取多管齐下的复合思维总比推行碳税的单一思维更为全面和实际。

严格地说,碳市场和碳税并不处在同一个政策框架体系内,碳税属于国家财政政策,而碳市场属于市场机制的设计。吉登斯更加倾向于使用碳税,这和他提出的"保障型国家"是完全一致的。但是吉登斯也对碳市场的发展做出积极乐观的判断。碳市场的办法是在 1997 年的《京都议定书》中创立的,它同意工业化国家可以相互之间出售"减排单位",也可以与发展中国家进行交易。但是和气候变化政策的其他方面一样,在过去和现在都受到政治考量的严重影响。欧盟、美国都在积极探索碳市场的实施方案,从 2003 年开始碳市场获得比较大的发展。尽管吉登斯首推碳税政策,但是也充满肯定地说,只要对市场机制进行认真的设计和利用,"碳排放交易将使得全球目标的实现变得效率最优、成本最小"。

五、国际秩序:发展要务和相互依赖

气候变化是一个全球性问题,而吉登斯研究全球化问题多年,他正是从全球发展的视角思考气候谈判可能形成的新秩序。

吉登斯深知气候变化可能加深不平等造成的危险,这是因为在吉登斯的思想中,全球已经是一个紧密联系、相互依赖的"地球村"。吉登斯提出"发展要务(development imperative)"观点,认为发展中国家具有经济上取得发展的权力,经济发展是解决发展中国家贫困的唯一出路,也是解决气候变化问题的基础。"穷国必须有权发展经济,即使这一过程包含温室气体排放的大幅度增长。"但是发展中国家的工业化过程可以避免重走传统工业化走过的"高污染、高能耗"的路,将低碳技术融合到经济发展的过程中,从而实现低排放、可持续的发展模式。

吉登斯作为西方世界的思想家,之所以极力主张"发展要务",其思想根源是因为在多年的全球化问题研究中,他已经深刻认识到全球的相互依赖性。他说:"相互依赖在 21 世纪已是我们生活的一部分,而无视这种情形采取行动的国家很快就会以这样或那样的方式屈服于现实。"但是他非常遗憾地观察到,"世纪之交以为即将出现一个基于国际机构而非国家的、基于国与国之间的合作而非传统主权的新世界秩序的澎湃热情,似乎已经黯然消退",民族国家还和以前一样强大,而大国之间的竞争也回来了。主要国家正在为影响力和威望相互斗争,斗争的主要舞台从哥本哈根转移到坎昆,再到下一站的德班,气候谈判从气候问题出发演化为全面的大国博弈。在最近召开的 IPCC 第三十次全会上,部分成员国主张成立 IPCC 执行委员会,试图借助这一机会加大各自对 IPCC 的支配力度,IPCC 作为原本独立的国际机构面临沦为大国斗争的政治工具的危险。

马拉松式的气候谈判让全世界感觉到有约束力的气候协议和 2012 年之后的减排承诺变得遥不可及。尽管吉登斯回顾了整个气候谈判的进程,但是对今后的走势也难以做出预料。气候谈判正在变成一场旷日持久的大国较量。尽管在哥本哈根气候大会之后,谈判的各方变得越来越务实,对谈判各方的底线越来越清楚,再也不会提出任何不切实际的要求。但是要达成实质性的协议,似乎还有很长的路要走。可以说,气候谈判一旦形成约束性协议,将为今后的国际新秩序奠定基础,因此各国都显得小心翼翼,对抗多于合作,争吵多于倾听。因此,各国亟须重新审视国家之间的相互依赖性以及发展中国家的"发展要务"对于解决全球性气候问题的重要作用,否则将长期陷于"囚徒困境"的泥潭而毫无成果。

六、简要评述和启示

吉登斯著述的《气候变化的政治》的确可以被视为是"目前为止英语世界第一部有关气候变化政治学的著作"。从 1979 年日内瓦的第一次世界气候大会开始,科学家对气候主题从技术上进行了大量的讨论,生态主义者和绿色组织进行了大量的实践,但是纯粹的技术分析无法揭示气候变化的社会学意义和政治学意义。对气候变化的行为总是在一定的社会语境和政治背景下发生的,因此,在没有政治学理论指导下的绿色行动往往只能获得短期性或者局部性成果,难以系统地推进应对气候变化的总体方案。吉登斯首次挖掘了气候变化的政治学意义,贡献了许多原创性的思想,这对全球各国气候政策的制定和实施影响深远,对促进和加深国际气候合作影响深远。

同样,吉登斯的思想给正处在发展和环境两难境地的中国也带来有益的启发。

第一,中国可能是最有可能实现"保障型国家"之职责的国家。吉登斯试图通过国家主导方式应对气候变化的真知灼见在不久的将来会得到有力的印证。但是西方国家现存的政治体制使得"保障型国家"的实现十分困难,吉登斯设计了许多思路试图将气候议题保证在政治议程的中心,但是从现实情况看,气候问题始终没有成为政治议程的中心,在西方各国都是如此,这在多党轮流执政政治背景下的确是一个难题。而中国在市场经济得到充分发展的同时,政府仍然保持相当大的调控和干预能力,这种能力在处理类似于气候变化等复杂的长期性问题时显得十分重要。尽管还是有人批评政府也可能是一个短视的政府,但是基于市场自发的、自下而上的应对行动已经被证明是低效的。因此,中国可以借助宏观规划和管理有计划、有步骤地实施应对气候变化的方案,而且这种政策的连续性和稳定性正是西方政府难以企及的。当然,中国从来不排斥自下而上的创造性的改革。中国政府在 30 多年的走向市场经济的过程累积起来的经验已经在高效的政治体制下实现了较大的包容性,因此,中国并不缺乏民间创新的活力。因此,中国有可能成为最好的实践"保障型国家"这一思想的主体。

第二,"政治敛合"和"经济敛合"的思想应该深刻地融入政策过程中。当前的中国尚未完成工业化和城市化进程,人民生活富裕水平还不高,仍然处于发展中国家的行列,在这样的背景下,要将气候变化议题置于其他议题之前,不仅在政治上不可行,而且也无法获得公众支持。在中国,民生和发展问题仍然是第一要务。但是,气候政策有可能"搭载"或者"嫁接"在注重民生和加快发展的所有政策中。因此,政策制定者时刻都要准备着把气候和环境问题摆上桌面,抓住任何可能的时机,将其整合到重大的发展政策中去。只有这样,中国才可能走一条不同于传统工业化的低碳发展的道路,解决气候问题的理想也是在发展的过程中得以解决,而不是"先发展、后治理"这样两个分离的过程。"政治敛合"和"经济敛合"是吉登斯在《气候变化的政治》一书中贡献的最为闪光的思想,我们应该有意识地运用在政策设计和执行过程中。

第三,对中国而言,应对气候变化是实现大国崛起的历史性机遇。解决气候问题不仅仅是承诺减排,不仅仅是征收碳税,不仅仅是往自己的脖子上套"枷锁"。应对气候变化的行动是一场全新的国际竞赛,谁在这场竞赛中失去主动权,谁就会落后。所有的大国都希望主导气候问题的大势,欧盟似乎已经占得先机,俄罗斯因拥有强大的能源体系而信心十足,在上一个阶段丧失了主动权的美国正在奋起直追。中国应该清醒地认识到这场角逐的重大意义。争夺低碳技术的制高点和当初争夺互联网技术的性质是一模一样的,每一次技术革命都为国际格局的调整提供了空间。在新的清洁能源技术领域,各国的差距并不大,几乎处在同一条起跑线上。中国经过 30 年的经济发展,已经跃升为全球第二大经济体,完全有能力和西方大国进行技术竞争。中国的当务之急是摆脱旧的发展模式,在清洁能源和节能产业中抢占先机。因此,中国不能被动地应对气候变化,而是要主动地寻找机遇,一旦抓住了应对气候变化的历史机遇,大国梦想的实现指日可待。

土居健郎：《日本人的心理结构》^①

马朝红 *

北京：商务印书馆，2006，140 页，10.00 元，ISBN 7-100004832-X

"二战"后日本经济出现了奇迹般的增长，在短短几十年时间里，日本发展成为世界最重要的经济实体之一，出现了许多著名的大企业，其产品也远销世界各地。什么原因导致日本如此快速地起飞？这其中有什么值得关注的东西？人们对之做了各种讨论。从当时世界的政治和经济形势进行解释当然很重要，也是很恰当的途径之一，不过，仅此是不够的，人的文化精神因素在各种历史进程中肯定也扮演一个重要的角色。那么，日本人的文化精神结构是什么样的，其中有什么促使经济起飞的因素吗？

探讨日本人文化精神结构的著作中，影响最大的应该是美国人类学家本尼迪克特的名著《菊与刀》。广为人知的是，本尼迪克特在这本书中将日本文化看做是耻感文化。这种看法得到了很多人的肯定。不过，这毕竟是西方人的看法，是站在日本之外看待日本的。日本人又怎样看待自己的文化精神呢？日本人看待自己的观点会有什么不同呢？

日本著名学者土居健郎为我们提供了一种不同的看法，他写了著名的《日本人的心理结构》一书。这本书出版后，不仅在日本引起了很大的反响，在其他国家也有很大影响，被翻译成英、法、德、意、韩等语种。

在这本书中，土居健郎提出一个重要的概念，就是依赖心理，以它来概括日本人的心理特征。在土居健郎看来，与其说日本人的文化是耻感文化，不如说是依赖文化。

什么是依赖呢？土居健郎认为，依赖的心理原型是产生于母子之间的一种婴儿心理。婴儿刚出生时和母亲并未完全分离，后来随着其身体和精神的不断发展，他会发现母亲和自己是各自独立存在的，但又感到自己离不开母亲。这种感到离不开母亲的心理就是依赖心理，它是要否定人与人应该分离这一事实，企图减轻分离痛苦的心理活动。这种心理在人们长大成人后仍然发挥重要的作用。

* 商务印书馆。通信地址：商务印书馆，100710。电话：010-65258899-327。E-mail：machaohong@cp.com.cn。

① 原书名：《甘えの構造》。

其实，我们在所有文化中都可以观察到土居健郎所说的这一现象，土居健郎自己也说这是一种普遍的心理。那么为什么土居健郎又用它来概括日本人的心理特征呢？这是因为，在土居健郎看来，虽然依赖心理是一种普遍的东西，但在西方，由于各种社会文化因素的影响，西方人更看重独立的自我意识，人们长大成人之后，不太依赖他人。日本人则不同，由于整个日本的社会结构和心理构成的关系，日本人有强烈的依赖感。日本人的依赖感如此强烈，以至于可以用依赖来概括日本人的精神文化特征。

很能显示日本的依赖文化的是，在日语中甚至有一个专门意指这种感情的词，即"甘え（amae）"，而且许多词与这一词相关联。所以土居健郎说，可见依赖对于日本精神生活的影响之大，因为有没有这个词，其民族文化精神还是大不一样的。

日本人的日常生活很大程度上由依赖感情所支配，人们随处都可以看到日本人依赖心理的表现。比如，日本人更喜欢团体活动，日本人容易害羞，在别人面前会感到不自在，而且这种害羞感在社会中受到人们的尊重和重视，这些都是依赖心理的表现。日本人的人际关系也是如此，在土居健郎看来，日本人的人际关系是一个圆，圆的内侧里面是自家人，外侧是他人，人们喜欢、向往的人际关系是圆内侧的关系，其中父子母女间那种亲密无间的关系是其最高理想，日本人期望大家都处在相互依赖的关系中。

因此，在日本人们都喜欢处在一个团体中，如果不属于某个团体，人们会感到无所适从，而且人们也更容易为所属团体的利益而争斗。日本人在战争中的自杀性攻击行为让西方人感到不可理解，这种行为实际上也可由此得到解释。同样让西方人感到不可理解的另一种行为也可由此得到解释，就是日本人在战争中拒不投降，但是战争一结束，很快表现出与西方完全合作的态度，这是因为日本人依赖心理导致他们以团体的利益为重，能包容一切。说得更明白一些，他们是没有原则的，不分善恶的。

由此，土居健郎对本尼迪克特将日本文化看做是耻感文化进行了批判性的讨论。他认为，日本人并不是没有罪感，只是日本人的罪感与西方人的罪感不太一样而已。西方人的罪面对的是上帝，日本人的罪面对的是社会团体。所以，日本人如果背叛自己所属的团体，就会产生罪感；如果被所属团体谴责，那就是极大的耻辱。这样来看，日本人的罪感和耻感都是建立在依赖基础之上的，都是依赖心理的表现。本尼迪克特认为日本文化中存在的义理与人情的矛盾关系，如果由此进行解释，也可以理解了。土居健郎说，日本人常说外国人不懂人情世故，这里说的人情指的是日本人熟悉的并且是其特有的一种感情。虽然不能确切地说它是什么，但日本人都知道它指的是什么。义理在土居健郎看来，实际上是人情关系的一种延续，是将人伦之情人为地拉入人际关系中。在本尼迪克特看来是人情和义理之间对立和冲突的标志的忠孝不可两全，在土居健郎看来，只是人情和义理相互纠结的情况，也就是说，一个受恩者与施恩者之间出现了对立，受恩者若报答一方会得罪另一方。其实，土居健郎认为，人情和义理导致的内心纠葛的基础还是依赖心理，它们之间的差别在于，人情是自然萌发的相互依赖关系，义理则更多地是社会文化所要求的相互依赖关系，也就是说，人情积极地肯定依赖，义理则是要人们维持依赖关系，人情崇尚相互依存，义理则把人们束缚在相互依存之中。

　　既然日本人如此受依赖思想的支配,如果他们找不到可依赖的对象,心理上就会出现惶惶不安的情绪,整个生活也会有所困扰。在日本社会生活中常常可以见到由于找不到依赖对象而出现的心理问题,如"偏执症"、对人的恐惧症、执著、受迫害感、没有主见。土居健郎在书中对这些心理进行了分析,这些分析在我们看来是极具创见的。

　　日本人的心理结构受依赖心理支配,反映到其社会结构中,是社会结构的构成也受依赖的支配,比如,土居健郎认为日本社会中的天皇制度就典型地表现了依赖心理的支配性影响。不过土居健郎在书中并没有对此做详细的展开,因为他认为自己不是社会学家,没有足够的知识论证这一点。

　　土居健郎认为,依赖本身应该是精神分析理论的重要概念之一,但在精神分析中却没有得到应有的重视,甚至在精神分析中没有这一概念。所以在他看来,用这一概念解释日本人的心理有重要的意义。

　　那么,被如此理解的日本精神文化结构与日本社会的经济腾飞有什么关系呢?

　　如果一个人过度地想依赖别人,那么,他必然容易服从别人,一种文化也是这样,日本这种受依赖支配的文化,对待外来文化,不论是中国文化,还是西方文化,都不采取排斥的态度,而是采取吸收的态度,甚至是采取了几乎全盘吸收的态度。这样它就能吸收其他文化中好的东西,为自己所用。日本近代以来的历史就表明了这一点。当他们被西方的炮舰打开国门后,并没有过度地不舒服,而是很快想办法学习西方先进的东西,从而使日本在较短的时间内成为世界重要的经济实体之一。

　　土居健郎对比了中国和日本的情况,他说中国和日本文化对于外界都非常敏感,但是中国人由于对自己的文化过度自信,对外界的敏感表现为自傲、关门;日本人则因为喜欢依赖,对于外界的敏感表现为发现他人之长,立即吸收,这导致了两种不同的结果。

　　另外,日本人的依赖心理也使得他们特别地勤劳、认真。日本人不论是工人、农民、职员,都会拼命地努力工作,他们通过好的工作,期望在团体中获得认同,因而充分发挥了团体的力量,从而放大了个体的力量,促进了经济的发展。

　　但是,日本的这种心理结构,也使得日本不存在脱离团体的权利,没有脱离团体的个人自由,也就是没有公共精神,这终究是一个问题,特别是对于一个民族的创造力来说更是如此,我们可以从日本的情况看到这一点。虽然日本是一个经济大国,文化创造还是很不足的。这对于一个民族走向更大的辉煌是否是一个障碍呢?

　　不过,在土居健郎的书中,虽然有对依赖心理导致的问题的批评,但也有对依赖心理导致的温馨的人际关系的肯定。土居健郎还批评了西方的个人自由,认为日本出现的许多社会心理问题和自由的泛滥有关,相互依赖的生活关系才能给人带来幸福。这种批评恰当与否,还有待进一步思考,特别是对于我们国家来说。我们现在处在全球化时代,社会面临许多与日本相同的问题。土居健郎这样的思考也许能提供一些可资借鉴的东西。

周雪光:《组织社会学十讲》

吴 亮

北京:社会科学文献出版社,2003,339 页,45 元,ISBN7-80190-121-5

　　组织是人与人的集合,不同的文明会产生不一样的组织。一个时期组织形式、结构、功能、特点也往往被打下一个时代的烙印。因而在纷繁复杂的社会中,组织和组织理论往往是观察时代的一个绝佳角度,在过往的人类历史中,组织理论的发展也经历了巨大的变迁。组织和制度究竟是什么样的关系呢? 周雪光先生在《组织社会学十讲》中一直试图回答这个问题。

　　周雪光先生是著名的组织社会学家,20 世纪 80 年代在美国斯坦福大学留学,师从著名的组织和管理理论大师詹姆士·马奇,毕业后先后应聘于康奈尔大学、杜克大学和香港科技大学。周雪光长期从事组织社会学和社会分层领域的研究工作,其在社会分层领域的著作《中国城市生活中的国家与生活机遇:再分配与社会分层,1949—1994》2004 年由剑桥大学出版社出版。《组织社会学十讲》是一本演讲的讲义合集,不同于面面俱到的教科书。这本书更多是介绍组织理论各大流派,探讨组织社会学中的经典问题,帮助有兴趣的研究者了解组织社会学的发展前沿和学术动向。

一、组织的历史

　　组织理论在工业化之后迎来大的发展,但是在工业化之前也有一些研究,我们将1900 年以前关于组织的看法和理论归为古典组织理论。从西方文化的起源来看,早在《圣经》①记载的几千年前,摩西就选择有能力的人组成组织,并自己成为领导者,带领族众走沙漠、越红海、出埃及。《圣经》是西方文明之源,其中对于组织的看法对后世影响深远。

　　西方文明另一源泉是古希腊文明,当时的哲学家苏格拉底等也对组织有所描述,列举了组织领导应该具备的能力。当然,这些是只言片语式的零散化描述,组织理论的真正系统化构建是出现在资本主义工业化以后,机器大生产替代手工,工厂组织形

---

① 《圣经》现代中文译本于 1979 年出版。

式替代原始的作坊,如何管理运行工厂成为新的课题,组织理论也开始组织结构、效率以及组织与环境关系的研究。其中亚当·斯密在《国富论》[①]中研究工厂如何通过劳动分工提高效率满足供需平衡问题。泰勒的科学管理对组织工作流程进行细致的标准化设计,以实现最佳管理效率。马克斯·韦伯更是发展了前人的研究成果,他的官僚科层制理论是理性学派组织理论的集中体现。后来在 20 世纪 20 年代产生了以梅耶霍桑、马斯洛为代表的组织行为学理论,强调从心理学角度理解组织原理现象。到了 30 年代,组织理论出现以巴纳德为代表的机械主义组织理论,提出组织领导的 3 个功能[②]。“二战”之后,伯塔兰菲[③]开始关注组织与环境的关系,提出系统论,深化对组织的理解。20 世纪 80 年代之后,由于日本、韩国等东亚国家战后的崛起,世界开始聚焦亚洲组织独特的文化和高效率,由此发展出组织文化理论。在整个组织理论的“全家福”谱系之中,制度主义学派是后起之秀。

二、组织趋同的现象

周雪光教授在本书第 3 讲中介绍的是制度学派的组织理论,试图探讨组织与制度之间的关系。文章主要围绕一个核心问题铺陈——现实中官方的政府、商界的企业、学界的学校,乃至形形色色福利组织和公益组织,虽然它们的目标、任务、环境、技术条件等千差万别,但它们内部结构都很相似采用了科层制的等级结构和功能性的组织形式,许多组织会耗费一些资源从事与自己本身效率无关的活动。为什么会产生这种不同性质组织间的趋同化现象呢?

(一)两个背景

本书作者没有直接回答这个问题。他把这个问题当做探讨组织与制度关系的引子,首先介绍了组织社会学中制度学派的发展,而一些答案正是隐藏在学派发展之中。早前制度学派的代表人是赛尔兹尼克,他质疑韦伯理性组织的理论模式,通过田纳西水利工程案例发现组织中的非理性行为,通过事实,他发现组织并不是一个封闭的系统,组织始终会受到所处环境的影响,而外在环境中的一个集中体现是制度,组织的发展演变是一个自然的过程,是和周边环境相互作用,不断变化、不断适应周围环境的结果,而不是设计的结果。

随后作者介绍了制度学派另一个背景——20 世纪 60 年代盛行的“权变理论”,即讨论组织结构与它的环境条件、技术和目标之间的关系。以 Fiedler 为代表的学者认为,每个组织的内在要素和外在环境条件各不相同,因而在管理活动中不存在适用于任何情景的原则和方法,组织的结构因环境、技术、目标等条件的不同而变化。

---

①　亚当·斯密. 国富论. 北京：华夏出版社,2005.
②　巴纳德. 经理人员的职能. 哈佛大学出版社,1948.
③　伯塔兰菲. 通用系统理论：新的达到统一方法的科学. 人类生物学,1951(23).

（二）新制度主义的组织解释

随后作者分析了在这两大背景之下新制度主义的产生。新制度主义以 John Meyer[①] 为代表，Meyer 在研究美国教育制度时发现组织趋同化的有趣现象。虽然美国的教育主要是由地方州政府管理的（联邦政府没有教育行政管理权），但是美国各地的教育体制结构却非常相似。通过仔细研究，他发现联邦政府在对各地政府提供教育财政支持的过程中会提出较一致的制度化要求，正是由于这种财政利益迫使各学区接受整套规章制度，使得组织出现趋同现象。对于组织为什么会耗费精力从事一些与本身效率无关的工作，Meyer 进一步拓展了组织的制度环境意义。他认为组织既会面临一种技术环境，也会面临一种制度环境。技术环境往往可以在商业组织中被认为是市场环境，这种技术环境要求使得企业不断地追求效率、提高生产力、提高利润，比如银行贷款给某企业，银行希望该企业具有高效的生产和盈利能力，这就是企业面临的技术环境。但是任何一个组织还必须受制度环境的影响。这种制度环境包括一个组织所处的法律环境、文化习俗、社会规范、观念制度等社会事实。

在作者看来，任何一个组织都面临时代环境、制度的影响和约束，任何一个组织都无法完全脱离环境而存在，组织要发展壮大，必须适应环境的要求。一个企业为什么除了生产活动之外还需要参与一些社区公共慈善活动，耗费精力做慈善不仅没有增加利润反而增加成本，但是做慈善仍然很重要，因为公众消费者会关注企业责任感，社会更加鼓励和支持一家有较高企业伦理的公司，有时候企业家甚至会无奈地被迫做慈善，这其中很多是源于一种社会道德压力。以日照钢铁董事长杜双华和新华都的陈发树的慈善行为为例，日照钢铁瞄准中国经济腾飞对钢材的巨大市场需求，选取交通便利的海港日照建厂，引进一流的现代技术设备，从技术环境上看，日照钢铁赢得了巨大的成功，这可以从它年收入超过 50 亿元看出。但是日照钢铁被纳入山东省整体钢铁发展规划之后，杜双华考虑的不仅仅是技术环境了，在中国现实制度环境之下，杜双华面临山东省强大的政治压力，在与山东省政府就重组事宜谈判不顺利的特殊时点，杜双华宣布慈善捐款 1 亿人民币以吸引公众舆论的注意，然后山东省的强力整合就面临公众舆论的拷问。所以杜双华的捐赠是其借公众舆论应对中国现实制度环境的组织行为。

技术环境和制度环境的影响。因为对技术环境的追求容易导致对于制度环境的忽视，而对制度环境的过度重视又容易导致与组织内部生产争夺资源。过去我们太重视对技术环境的研究，由此产生权变理论思想，而现实中制度却是至关重要。制度对组织的重要影响根源于制度的合法性。合法性体现在社会的法律制度、文化习俗、观念制度成为人们广为接受的社会事实，它能够诱导或者迫使组织采取一种符合其规范的观念力量，这种力量塑造了组织的结构和行为。

---

① Meyer John W, Brian Rowen. Institution Organization：Formal Structure as Myth and Ceremony. American Journal of Sociology83，1977：pp. 340-363.

（三）组织为什么会趋同

至此,作者开始回答开头提出的问题——组织为什么趋同化？

一方面是因为在同一时期不同的组织都面临较类似的制度环境,每个组织为了赢得制度环境的认可,为了获取合法性,都会采用符合制度环境的组织结构和行为。正是这种环境约束导致了最终组织间结构和行为趋同。

另一方面组织间广泛存在互相模仿学习。在不确定环境下,组织间的模仿行为能够避免组织的动荡,减少组织的不确定性。因而一批组织扎根制度环境,数量一定便获得了一定的合法性,使其不容易受到外部环境的冲击。这一点在中国的制造业企业中比较明显,某一行业的商业模式和组织形态往往具有很强的外溢性,因为复制技术壁垒比较低,当一家企业采取一种新的组织和生产方式,马上该地区所有企业都可能学习效仿。现在表现比较典型是中国制造业中的"山寨"产业,当深圳有一家企业制造出一款新的掌上平板电脑,不久这一产品差不多能遍及"山寨"产业中各家企业,这种产品的复制不仅仅是产品技术的复制,也是产业链整合以及工厂组织方式的复制。

（四）一点质疑

新制度学派从制度环境的角度理解组织,从不同性质组织的结构与行为趋同入手,给出一种全新的思维框架,对现实也有一定的说服力。但笔者对于周雪光老师提到的"制度环境"解释仍然有一定的不尽兴之感。制度环境被解释为一个组织所处的法律环境、文化习俗、社会规范、观念制度等社会事实,这种归纳很好,但是有些过于笼统,法律环境、文化习俗、社会规范、观念制度对于组织结构和行为的影响实际上存在作用能力的强弱不同,导致的结果也不同。法律在社会生活中的严肃地位使其对组织结构和行为的影响是强制性和根本性的,它对组织的作用往往对应产生一种正式的组织制度,而文化习俗、社会观念对组织结构和行为的影响则是软约束力的和间接性的,它对组织影响往往通过一种非正式制度。

如果单独用一个笼统的制度环境解释组织的趋同,笔者也认为不够。如果组织的趋同是由于同一时代相同的制度环境作用的结果,那么又如何解释不同时代不同制度环境下相同的组织结构呢？如果相同制度环境导致组织趋同,又如何解释同一时期组织结构变化的不一致呢？迪马奇奥与鲍威尔认为国家制度和专业组织是当代社会制度趋同化的驱动力,但是现代信息时代下中国大部分企业仍采用的科层管理体制也许跟100年前德国产业革命时企业科层管理体制相同,而时代却已经千差万别。一种组织结构和形态能够穿越不同历史时期、不同的法律政治制度而产生趋同,这不是单独一个制度环境能解释的。

后来读到格兰诺维特新经济社会学时,更加深化了自己的困惑。新古典经济学家预设了一个个拥有完整自由意志的行动者,以经济理性的成本收益分析决定其自身的行为。制度经济学和社会学采用文化、规范、社会化等概念解释人类行为,预设了人是完全没有自由意志的行动者,百分之百地服从于社会压力。制度经济学强调的是制度设计规定规范了人们各种经济行为。在格兰诺维特眼中，前一种新古典经济学属于"低度社会化观点"，后一种则属于"过度社会化观点"，两者都是"社会孤立性"的假设。对于现实，格兰诺维特主张"镶嵌"的观点。强调一个人或者组织在做某项经济行为时，会和周遭的社会网络不断交换信息，同时搜集情报、受到影响、改变偏好，它一方面保留个人行动中自由意志的力量；另一方面也受到社会网络的制约。这样通过网络连接即将个体或组织的自由意志与外部制度环境联系起来。从组织的角度看，组织趋同反映的只是其受外部制度环境影响的这一面，但这不是全部，组织在社会网络中所处的不同位置和自由意志也决定组织间的趋同不是完全的和彻底的。组织的趋同只是组织的一面，从另一面讲，组织很可能会同时分化，这取决于我们看待组织的视角。

威廉·多姆霍夫:《谁在统治美国——权力、政治和社会变迁》

张 辉

北京:译林出版社,2009,440页,35元,ISBN:9787544708173

在威廉·多姆霍夫的《谁在统治美国——权力、政治和社会变迁》一书中,作者认为统治美国的是那些创造了巨额财富的机构的所有者和高管。由公司法律顾问、军事承包商、农业工商业主以及大公司领导者组成的企业共同体支配了联邦政府。作者在书中为人们了解美国的社会上层阶级和企业共同体提供了丰富的经验事实,而且接续了韦伯、马克思、米尔斯等人的研究传统,从而发展出一套既从组织维度出发,又强调阶级支配和阶级冲突的"权力结构研究"范式,在精英研究中自成一派。尽管40年来围绕本书引发了广泛的争议,但几乎所有从事"精英研究"的社会科学家都认可本书为该领域的经典之作。

一、企业共同体在美国政治中具有举足轻重的地位

作者在本书中重点讨论了企业共同体是由哪些利益团体组成的,企业共同体与上层阶级之间的关系,以及企业共同体通过何种方式影响政府的决策。作者认为美国的大型企业一直是由一帮富人拥有和控制的,这些人共享相同的经济利益和社会纽带。企业共同体内的企业不仅相互之间有着许多复杂的关系,而且与其他国家的跨国公司以及美国国内和海外的众多小公司有着千丝万缕的联系。

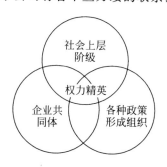

作者通过网络关系证明企业共同体与上层阶级是紧密缠绕在一起的。这种密切的联系使得将经济权力转化成社会权力成为可能。企业共同体和上层阶级的成员通过四种基本途径参与政策研制过程：①他们为处在政策研制过程核心的组织提供财政支持；②他们为某些此类组织提供各种免费服务,如法律和审计上的服务；③他们出任这些组织的董事或理事,从而为其设定基本取向,并选择合适的人管理组织日常运作；④他们还参与政策研制网络中某些组织的日常活动。这一领导集团被称为"权力精英"。权力精英由在企业共同体和政策网络中担任领袖角色的上层阶级成员以及企业和政策网络中的高级雇员组成。

作者认为政策研制网络中有很多基金会、政策规划团体和智库,同样也是公共舆论形塑网的一分子。在这一网络中还有其他两种非常重要的力量：大型公关公司和大财团的公共事务部门。两者都有专业职员为其服务,并可以通过基金会的财政捐款实现其目的。作者认为虽然共和党代表大商业,民主党代表自由派—劳工联盟,实际上两党在各自历史上的大多数时候都被权力精英的不同部分控制着。许多大公司的董事会成员成为政府高官,而政府的高官在退位后成为公司的董事。

二、以美国轮胎特保案分析权力精英理论的失败

2009 年发生的美国对华轮胎特保案,是奥巴马上台后美政府对我国发起的首例特保调查,也是案值最大的一起,超过 20 亿美元。

向美国国际贸易委员会提起对华轮胎特保诉讼的美国钢铁工人联合会(United Steelworkers Union,USW)是美国强大的工会组织之一, 其全称是"钢铁、造纸、林业、橡胶、制造业、能源以及相关工业与服务业的国际工会"。

USW 目前大约有 70 万会员。该工会起家于钢铁业,后来逐渐与其他工会组织合并,成为北美最大的工会,但钢铁工人仍然是其主要力量。工会总部设在钢铁业的中心宾夕法尼亚州的匹茨堡市。轮胎业中有很大一部分雇员是这个工会的成员。美国钢铁工人联合会主要通过以下几种途径影响美国贸易政策决策：

(1) 竞选捐赠。任何利益集团的成功游说关键可能在于对于竞选运动的捐助,这种资金捐助可以确保利益集团与政府决策者的直接接触。国会不接见资助其竞选的利益集团的代表是不太可能的。白宫官员也非常乐于接触对总统选举给予巨大资助的利益集团。这些捐助不一定保证作出受人欢迎的决策,但却能够对听证产生影响。政治行动委员会是利益集团的捐助基金会,通常情况下,政治行动委员会 2/3 的资金都捐给了在任者,因为他们清楚大部分议员在寻求连任过程中都会成功。美国钢铁工人联合会就通过政治行动委员会将捐资大部分给予民主党代表。

(2) 通过支持奥巴马当选获取政治利益。2008 年,奥巴马作为民主党总统候选人,在竞选中率先获得 270 张选举人票,最终因获得 340 张选举人票而成功当选第 44 任美国总统。奥巴马在总统选举连同党内初选过程中总共花费近 4 亿美元,其中大部分捐款来自于劳工组织和大型企业集团,如美国钢铁工人联合会、美国教育联合会、美

国机械师和航空工人联合会。可以说，没有这些人的支持，奥巴马的竞选之路会非常艰难。

2008年，美国总统候选人奥巴马的选票主要集中在东北部、南部和西部的州，这些州同时也是美国传统的工业区。在这些工业区内分布着众多制造业和其劳工组织，正是这些劳工组织和制造公司的支持，奥巴马才能赢得2008年的总统大选。奥巴马在当选总统后，在政治倾向上会更多地偏向劳工组织一方，以期在下次竞选连任过程中继续获得他们的支持。美国钢铁工人联合会积极推动的对华轮胎特保案最终能够获得奥巴马的批准不言自明。

（3）通过在国会选举中支持民主党获取议员的支持。当今，国会竞选的成本说明其成员对巨额竞选资金的依赖性。为了每两年一次的席位竞选，在任的众议院议员平均要花费80万美元。在任的参议员平均要花费500多万美元保持他的议席。因此，国会的大部分成员每天都要花费几个小时在办公室打电话动员筹集资金。

2006年，美国钢铁工人联合会的巨额捐赠97％捐给民主党，只有2％捐给共和党。在特保案的审查过程中，美国钢铁工人联合会以写信或者听证的方式把自己的观点直接呈递给他们所支持的现任议员。他们也可以与议员见面，把意见直接反馈给他们。

在轮胎特保案中，美国汽车制造商、轮胎制造业协会和轮胎自由贸易联合会等再三反对实施特保条例，但如果作出对中国轮胎加收关税的决定，这些利益集团仍可以采取转移轮胎来源国的方式规避风险。实施惩罚性关税后，对华轮胎加征关税受损的不仅是中国对美国出口轮胎的企业，也包括许多美国轮胎制造商和营销商。如美国制造商固特异公司和固铂公司都是在中国生产轮胎，而后再销往美国。受经济复苏迹象的鼓舞，固铂公司原拟2009年从中国进口250万个轮胎，2010年提高到400万个，但这一增产计划看来只能"缩水"了。美国最大的轮胎制造商固特异公司1997年在中国收购了当时中国第二大轮胎制造商山东成山轮胎制造公司，该公司生产的大部分轮胎销往美国。从中国进口的轮胎由于成本较低，售价在美国也相当便宜，因此并不与本地轮胎生产企业构成竞争。如果对从中国进口的轮胎实施特保措施，这些企业会面临较大的经营压力。因此，在美国国会的听证会上，上述利益集团都进行了答辩，反对轮胎特保案。但是由于民主党的支持群体主要是工会组织，所以反对意见并没有被完全接受。由此可见，包括钢铁工人联合会在内的美国工会组织对奥巴马政府施加的强大政治压力非同一般。

美国对华轮胎特保案例更多支持的是多元主义理论，以达尔为代表一些学者认为政治过程中有很多精英分散在很多不同的领域，他们共同影响政治决策活动。威廉·多姆霍夫的权力精英理论在这个案例中是站不住脚的。

20世纪以来在西方出现的多元主义民主理论与权力精英理论针锋相对，它主张在政治体制内所有的利益都有平等的机会组织起来影响决策者，并在决策过程中反映团体的力量、实现自己的利益倾向。多元主义的哲学基础和方法论是自由主义的个人主义，它强调个人地位、权利、尊严的重要性，认为社会就是个体的总和，个人是权力来位，一切权力最终需要取得个人的同意。个体的利益可以通过团体聚合。
本偏好和利益集合的结果。团体也是一个有自己意志的生命实体，是一个有
务的"人"。团体的目标是谋取本团体的利益，在人员、资源和政府关系方面
争以使政策走向有利于自己的方向。

元主义理论与大多数美国人眼中的美国社会现实权力状况相吻合。它不关注
和社会地位的不平等；相反，它关注人们是如何组织起来的，这种组织是美国社
权力的最重要来源。

美国对华轮胎特保案表面上是一个主要的利益群体美国钢铁工人联合会影响了
府的最终决策，但是我们同样看到了众多利益集团在其中的博弈，既包括美国轮胎
制造商、美国轮胎经销商，也包括美国物流企业和美中贸易协会。对于多元主义者来
讲，民主意味着为了权力的竞争。因为有如此多的团体存在；也因为每一个人同时隶
属于几个团体，最后，至少在某种程度上，所有人都是某种利益的代表，而且每一个人
的利益最终都会得到满足。如果某些人的利益没有得到实现，他们会结成新的组织，
此组织就代表他们的利益。通常权力被认为属于那些努力满足其利益的团体。没有
人会认为政府官员拥有真正的权力。真正的权力存在于相互竞争的组织之中，这些组
织才真正代表人们的利益，并且影响政府官员的行为。虽然在其中有大的企业精英在
起作用，但是企业精英的力量仍不敌代表广大劳工利益的工会组织的力量。特别是在
美国这个多元化的社会中，政府的决策不可能仅仅代表大资产阶级的利益。我们并不
否认这些企业精英巨大的影响力，但是如果仅以阶级的立场分析，未免会陷入马克斯·
韦伯固化的圈套。民主社会中利益的代表是多元的，特别是反映在广大公众利益的代
表中。因为民众的投票权是分散，所以有时在反映群体利益方面并没有大企业那么有
力。但是我们不能因此而得出美国的社会已经被企业精英所把持的结论。美国对华
轮胎特保案是个很好的例证。